STS

STS

絕對合格 分類

考試分數大躍進
累積實力
百萬考生見證
應考秘訣 4

根據日本國際交流基金考試相關概要

日檢單字 測驗問題集 N4

吉松由美・田中陽子・西村惠子・
千田晴夫・山田社日檢題庫小組 ◎合著

山田社

前言

はじめに

宅在家，不出門，一樣自學考上 N4，
本書用，
情境分類，
打鐵趁熱，回想練習，
讓您記得快又牢！

★快又牢 1：「情境分類，單字速記 No.1」★

配合 N4 內容要求，情境包羅萬象，學習零疏漏，速記 No.1 ！

★快又牢 2：「想像使用場合，史上最聰明學習法」★

針對新制重視「活用在交流上」，從「單字→情境串連」，學習什麼話題，用什麼字，什麼時候使用，效果最驚人！

★快又牢 3：「打鐵趁熱，回想練習記憶法」★

背完後，打鐵趁熱緊跟著「回想練習」，以「背誦→測驗」的學習步驟，讓單字快速植入腦中！

★快又牢 4：「一次弄懂相近詞，類義詞記憶法」★

由一個主題，衍伸出好幾個相關的單字，比較彼此的關聯性及差異性，同時記住一整系列。

★快又牢 5：「記一個漢字，就可以記一串單字」★

以漢字為核心，認識一個漢字，就可以記住幾個相關連的單字。只要學一次，看到漢字就知道唸法，會唸就會用！

★快又牢 6：「查閱利器，50 音順金鑰索引」★

貼心設計 50 音順金鑰索引，隨查隨複習，發揮強大學習功能！

★快又牢 7：「利用光碟大量接觸單字，聽覺記憶法」★

新日檢強調能看更要能聽。利用光碟反覆聆聽，單字自然烙印腦海，再忙也不怕學不會！

本書五大特色：

◆清楚單字分類，完全掌握相近詞彙！

本書依使用情境分類單字，並配合 N4 考試內容，提供豐富的情境主題從基本單字、日常生活到常考動詞等等。讀者不僅能一目了然的快速掌握重點，相關單字串連在一起也能幫助加深記憶。並藉由比較相近詞彙的關聯及差異，保證一次弄懂，不再混淆。同時，不論是考題還是生活應用中都能啟動連鎖記憶，遇到分類主題立刻喚醒整串相關詞彙，給您強大的單字後援，累積豐厚實戰力。

◆讀完即測驗，自學必備的自我考驗！

本書的每個章節皆精心設計當回單字填空題，讓讀者可以趁著記憶猶新時做回憶練習，邊背邊練，記憶自然深植腦海！此外，每個句子都標上日文假名，做題目的同時，能延伸學習更多單字。且從前後句意推敲單字的題型，也有助於訓練閱讀能力。更能避免每日勤奮學習，卻不知是否真的學會了，藉由做題目檢視自己的學習成果，給您最踏實的學習成就感。

◆針對日檢題型，知己知彼絕對合格！

日檢 N4 單字共有 5 大題，而本書的題型主要針對第 3 大題，另外也可活用於單字第 4 及第 5 大題。為了將數個相近詞彙填入適當的例句中，必須要清楚理解單字的意義，並認識相似詞彙，同時還要有讀懂句意的閱讀能力。本書將會幫助您大量且反覆的訓練這三項技能，日檢單字自然就能迎刃而解。

◆從漢字掌握多種唸法，會唸就會用！

以表格統整出 N4 單字中，有一種或多種發音的漢字。由於漢字大多是表意文字，即使是有多種唸法，但只要知道漢字的意思及連帶關係，就可以掌握漢字。只要學一次，就可以活用於任何考試及生活場景上！

◆貼心 50 音排序索引，隨時化身萬用字典！

本書單字皆以 50 音順排序，並於書末附上單字索引表。每當遇到不會的單字或是突然想要查找，本書就像字典一樣查詢精準，且由於單字皆以情境編排，查一個單字還能一併複習相似辭彙。當單字變得輕鬆好找，學習也就更加省時、省力！

◆聽日文標準發音，養成日文語感、加深記憶！

所有單字皆由日籍教師親自配音，反覆聆聽單字便自然烙印在腦海，聽久了還能自然提升日文語感以及聽力。不只日檢合格，還能聽得懂、説得出口！且每篇只需半分鐘，讓您利用早晨、通勤、睡前等黃金時間，再忙也不怕學不會！

自學以及考前衝刺都適用，本書將會是您迅速又精準的考試軍師。充分閱讀、練習、反覆加深記憶，並確實擊破學習盲點，從此將單字變成您的得高分利器！迎戰日檢，絕對合格！

目錄

もくじ

N4 漢字

漢字	發音	舉例	應用
不	ふ	<ruby>不安<rt>ふあん</rt></ruby>／不放心	<ruby>不安<rt>ふあん</rt></ruby>になる／感到不安
	ぶ	<ruby>注意不足<rt>ちゅういぶそく</rt></ruby>／不專心，沒有留意，恍神	<ruby>注意不足<rt>ちゅういぶそく</rt></ruby>ですみません／很抱歉，是我沒注意到
世	せ	<ruby>世界<rt>せかい</rt></ruby>／世界	<ruby>世界<rt>せかい</rt></ruby>の<ruby>経済<rt>けいざい</rt></ruby>／世界的經濟狀況
	せい	<ruby>時世<rt>じせい</rt></ruby>／時代，年代	<ruby>時世<rt>じせい</rt></ruby>が<ruby>変<rt>か</rt></ruby>わった／時代變了
	よ	<ruby>世<rt>よ</rt></ruby>の<ruby>中<rt>なか</rt></ruby>／世間，世俗	<ruby>世<rt>よ</rt></ruby>の<ruby>中<rt>なか</rt></ruby>を<ruby>知<rt>し</rt></ruby>らない／不懂世事
主	しゅ	<ruby>主人<rt>しゅじん</rt></ruby>／一家之主；店主；招待客人的主人	<ruby>店<rt>みせ</rt></ruby>の<ruby>主人<rt>しゅじん</rt></ruby>／店主
事	じ	<ruby>食事<rt>しょくじ</rt></ruby>／用餐，進食	<ruby>家族<rt>かぞく</rt></ruby>と<ruby>食事<rt>しょくじ</rt></ruby>をする／和家人吃飯
	こと	<ruby>今年<rt>ことし</rt></ruby>の<ruby>事<rt>こと</rt></ruby>／今年發生的事	<ruby>今年<rt>ことし</rt></ruby>の<ruby>事<rt>こと</rt></ruby>は<ruby>一生忘<rt>いっしょうわす</rt></ruby>れない／今年發生的事我一生都不會忘記
京	きょう	<ruby>東京<rt>とうきょう</rt></ruby>／東京	<ruby>東京<rt>とうきょう</rt></ruby>は<ruby>人<rt>ひと</rt></ruby>が<ruby>多<rt>おお</rt></ruby>い／東京人潮眾多
仕	し	<ruby>仕送<rt>しおく</rt></ruby>り／寄送生活補貼金	<ruby>子<rt>こ</rt></ruby>どもに<ruby>仕送<rt>しお</rt></ruby>りを<ruby>送<rt>お</rt></ruby>る／給孩子寄生活費
代	だい	<ruby>時代<rt>じだい</rt></ruby>／時代；當代	<ruby>時代<rt>じだい</rt></ruby>の<ruby>流<rt>なが</rt></ruby>れ／時代的演變
	かわ	<ruby>代<rt>か</rt></ruby>わりに／代替，作為補償	<ruby>塩<rt>しお</rt></ruby>の<ruby>代<rt>か</rt></ruby>わりに<ruby>醤油<rt>しょうゆ</rt></ruby>を<ruby>使<rt>つか</rt></ruby>う／加醬油代替鹽巴
以	い	<ruby>以上<rt>いじょう</rt></ruby>／以上，超過；如上	<ruby>二十歳以上<rt>はたちいじょう</rt></ruby>／年滿二十歲
会	かい	<ruby>宴会<rt>えんかい</rt></ruby>／宴會	<ruby>宴会<rt>えんかい</rt></ruby>を<ruby>開<rt>ひら</rt></ruby>く／舉辦宴會
	あ（う）	<ruby>会<rt>あ</rt></ruby>う／見面；遇見	<ruby>君<rt>きみ</rt></ruby>に<ruby>会<rt>あ</rt></ruby>えてうれしいです／很高興能見到你
住	じゅう	<ruby>住所<rt>じゅうしょ</rt></ruby>／住址，地址	<ruby>住所<rt>じゅうしょ</rt></ruby>を<ruby>書<rt>か</rt></ruby>く／寫下住址
	す（む）	<ruby>住<rt>す</rt></ruby>む／居住；棲息	<ruby>両親<rt>りょうしん</rt></ruby>と<ruby>住<rt>す</rt></ruby>んでいる／和父母同住
体	たい	<ruby>大体<rt>だいたい</rt></ruby>／大概，差不多；概要	<ruby>大体<rt>だいたい</rt></ruby>わかりました／大致上了解了
	からだ	<ruby>体<rt>からだ</rt></ruby>／身體	<ruby>体<rt>からだ</rt></ruby>にいい／對身體很好

漢字	發音	舉例	應用
作	さく	しんきさくせい 新規作成／建立新的…	しんきさくせい メールを新規作成する／開一份新的郵件
	つく（る）	つく 作る／製作；創作	りょうり　つく 料理を作る／做料理
使	し	たいしかん 大使館／大使館	たいしかん　はたら 大使館で働く／在大使館工作
	つか（う）	つか 使う／使用；雇用；花費	じかん　つか 時間を使う／花時間
借	しゃく	しゃくち 借地／租用的土地	しゃくちけいやく 借地契約／借地契約
	か（りる）	か 借りる／借；租借；借助	かね　か お金を借りる／借錢
元	げん	げんき 元気／精神，朝氣；身體健康	げんき 元気になる／恢復精神
	もと	てもと 手元／身邊；生計；手的動作	てもと　お 手元に置く／放在身邊
兄	きょう	きょうだい 兄弟／兄弟姊妹；妯娌，連襟	にんきょうだい ３人兄弟／３個兄弟姊妹
	あに	あに 兄／哥哥；義兄；師兄；姊夫	いちばんうえ　あに 一番上の兄／最年長的大哥
公	こう	こうむいん 公務員／公務員	こうむいん 公務員になりたい／我想當公務員
写	しゃ	しゃしん 写真／照片	しゃしん 写真をみせる／給（他人）看照片
	うつ（す）	うつ 写す／抄寫；拍照；描繪	こた　うつ ノートに答えを写す／將答案抄寫在筆記本上
冬	とう	とうき 冬季／冬季，冬天	とうききゅうか 冬季休暇／年末的冬季假期
	ふゆ	ふゆ 冬／冬季，冬天	ふゆやす 冬休み／寒假
切	せつ	しんせつ 親切／親切，好心	しんせつ　ひと 親切な人／親切的人
	き（る）	き 切る／切斷；斷絕關係；去除；截止	かみ　き 髪を切る／剪頭髮
別	べつ	とくべつ 特別／特別，特殊	とくべつ　かんけい 特別な関係／特別的關係
	わか（れる）	わか 別れる／離別；分手；死別	かのじょ　わか 彼女と別れた／和女友分手了
力	りょく	にゅうりょく 入力／輸入	もじ　にゅうりょく 文字を入力する／輸入文字
	ちから	ちから 力／力氣，力量；重力，引力	ちからも 力持ち／有力氣的人
勉	べん	べんきょう 勉強／努力用功；（工作）勤奮	べんきょう 勉強になる／可以學到知識

漢字	發音	舉例	應用
動	どう	自動車（じどうしゃ）／汽車	自動車（じどうしゃ）を運転（うんてん）する／開車
	うご（く）	動（うご）く／動；擺動；變動；發動	車（くるま）が動（うご）かなくなった／車子不動了
医	い	医療費（いりょうひ）／醫療費用	医療費（いりょうひ）を払（はら）う／支付醫療費用
去	きょ	去年（きょねん）／去年，前年	去年（きょねん）のこの頃（ころ）／去年的這個時候
口	こう	人口（じんこう）／人口	田舎（いなか）の人口（じんこう）が減（へ）る／鄉下人口減少
	くち	出口（でぐち）／出口；出氣、排水口	出口（でぐち）で待（ま）つ／在出口等待
古	ふる（い）	古（ふる）い／以往；陳舊；不新鮮	古（ふる）い建物（たてもの）／古老的建築物
台	たい	台風（たいふう）／颱風	台風（たいふう）の中心（ちゅうしん）の風（かぜ）は弱（よわ）い／颱風眼的風勢微弱
	だい	台所（だいどころ）／廚房	台所（だいどころ）からいい匂（にお）いがする／廚房傳來陣陣香味
同	おな（じ）	同（おな）じ／相同，同樣	同（おな）じ高（たか）さ／一樣高
味	み	興味（きょうみ）／興趣	興味（きょうみ）がある／有興趣
	あじ	味見（あじみ）／試吃，試味道	味見（あじみ）してから決（き）める／試吃過後再做決定
品	ひん	食料品（しょくりょうひん）／食品	食料品（しょくりょうひん）売（う）り場（ば）／食物販賣區
	しな	品物（しなもの）／物品，實物；貨物，商品	品物（しなもの）を取（と）り替（か）える／退換商品
員	いん	店員（てんいん）／店員，服務人員	スーパーの店員（てんいん）／超市的店員
問	もん	問題（もんだい）／問題；困難；麻煩事	数学（すうがく）の問題集（もんだいしゅう）／數學的問題集
図	と	図書館（としょかん）／圖書館	図書館（としょかん）に本（ほん）を返（かえ）しに行（い）く／去圖書館還書
	ず	地図（ちず）／地圖	地図（ちず）を見（み）ながら歩（ある）く／邊看地圖邊走路
地	ち	地理（ちり）／地理學；地理情況	中国（ちゅうごく）の地理（ちり）を研究（けんきゅう）する／研究中國地理
	じ	地震（じしん）／地震	地震（じしん）でドアが曲（ま）がった／地震使得門都變形了

漢字	發音	舉例	應用
堂	どう	食堂（しょくどう）／食堂，餐廳	学生食堂で昼ご飯を食べる（がくせいしょくどう　ひる　はん　た）／在學生食堂吃午餐
場	ば	売り場（う　ば）／販賣處，銷售櫃台；銷售的好時機	ハンカチ売り場（う　ば）／販賣手帕的專櫃
	じょう	会場（かいじょう）／會場，舉辦活動的場所	試験の会場（しけん　かいじょう）／考場
売	ばい	特売品（とくばいひん）／特價的商品，折價商品	スーパーの特売品を買いに行く（とくばいひん　か　い）／要去買超市的特價商品
	う（る）	売る（う）／販賣；揚名；背叛	品物を売る（しなもの　う）／販賣商品
夏	なつ	夏休み（なつやす）／暑假	夏休みに海に行った（なつやす　うみ　い）／暑假期間去了海邊
夕	ゆう	夕方（ゆうがた）／黃昏，傍晚	夕方の空がとても綺麗だ（ゆうがた　そら　きれい）／傍晚的天空很美
多	た	多分（たぶん）／大概，應該；很多，大量	午後多分雨が降る（ごご　たぶんあめ　ふ）／下午應該會下雨
	おお（い）	多い（おお）／數量大，眾多	友達が多い（ともだち　おお）／朋友很多
夜	や	今夜（こんや）／今晚，今宵	今夜の星は綺麗だ（こんや　ほし　きれい）／今晚的星空很美
	よる	夜（よる）／晚上，夜	夜7時のニュース（よる　じ）／晚間7點的新聞
妹	いもうと	妹（いもうと）／妹妹；丈夫的姊妹，小姨	妹は猫が好きだ（いもうと　ねこ　す）／妹妹很喜歡貓
姉	あね	姉（あね）／姊姊；丈夫的姊姊	姉は頭がいい（あね　あたま）／姊姊很聰明
始	はじ（める）	始める（はじ）／開始，…了起來；開創	授業を始める（じゅぎょう　はじ）／開始上課
字	じ	漢字（かんじ）／（日、韓及華人語言中的）漢字	漢字で書く（かんじ　か）／寫漢字
安	あん	安心（あんしん）／放心	ご安心ください（あんしん）／請放心
	やす（い）	安い（やす）／便宜；安心；輕率	値段が安い（ねだん　やす）／價格便宜
室	しつ	研究室（けんきゅうしつ）／研究室，做研究用的房間	医学部の研究室（いがくぶ　けんきゅうしつ）／醫學系的研究室

漢字	發音	舉例	應用
家	か	音楽家（おんがくか）／音樂家	有名（ゆうめい）な音楽家（おんがくか）になる／要成為知名音樂家
	いえ	家（いえ）／房子，自宅；家族；家世	夜（よる）はたいてい家（いえ）にいる／晚上大多待在家裡
	うち	家（うち）／自己的家裡、家庭	家（うち）へ帰（かえ）ろう／回家吧
少	すく（ない）	少（すく）ない／數量少，不多	お金（かね）が少（すく）ない／錢很少
	すこ（し）	少（すこ）し／些微，一點點	授業（じゅぎょう）を少（すこ）し変（か）える／稍微更動課程
屋	や	八百屋（やおや）／菜鋪，蔬果商；萬事通	八百屋（やおや）で果物（くだもの）を買（か）う／在蔬菜攤買水果
	おく	屋上（おくじょう）／屋頂上	屋上（おくじょう）のある家（いえ）／有頂樓的房子
工	こう	工業（こうぎょう）／工業	工業（こうぎょう）が発達（はったつ）している／工業正發達
帰	かえ（る）	帰（かえ）る／回來；回去	学校（がっこう）から帰（かえ）る／從學校回家
広	ひろ（い）	広（ひろ）い／寬廣；廣泛；開放的	庭（にわ）が広（ひろ）い／院子很寬闊
店	てん	喫茶店（きっさてん）／咖啡廳，茶館	喫茶店（きっさてん）で休（やす）む／在咖啡廳休息
	みせ	店（みせ）／商店，店鋪	店（みせ）のクーラーが冷（ひ）えていた／店裡的冷氣很涼
度	ど	一度（いちど）／一次；下次；一旦	もう一度（いちど）日本（にほん）へ行（い）きたい／好想再去一次日本
	たく	支度（したく）／準備；外出打扮	夕食（ゆうしょく）の支度（したく）をする／準備晚飯
建	けん	建築（けんちく）／建築物；修建	建築家（けんちくか）になりたい／我想成為建築師
	たて（る）	建（た）てる／建造；創立	お店（みせ）を建（た）てる／建造商家
弟	だい	兄弟（きょうだい）／兄弟姊妹；妯娌，連襟	兄弟（きょうだい）が３人（にん）いる／我有 3 個兄弟姊妹
	おとうと	弟（おとうと）／弟弟；後輩	弟（おとうと）はメロンパンが嫌（きら）いだ／弟弟討厭菠蘿麵包
強	きょう	強調（きょうちょう）／強調；權利主張；（行情）看漲	特（とく）に強調（きょうちょう）する／特別強調

漢字	發音	舉例	應用
待	たい	招待(しょうたい)／招待；邀請	招待(しょうたい)を受(う)ける／接受邀請
	ま（つ）	待(ま)つ／等待，靜候；期盼	日(ひ)の出(で)を待(ま)つ／等待日出
心	しん	熱心(ねっしん)／熱情，熱心	熱心(ねっしん)に勉強(べんきょう)している／投入的學習
	こころ	心(こころ)／真心；精神，心情；心地，性格；度量	心(こころ)の優(やさ)しい人(ひと)／心地善良的人
思	おも（う）	思(おも)う／思考；推測；希望，期待；留意，掛心；感覺	恥(は)ずかしく思(おも)う／覺得很害羞
急	きゅう	急行(きゅうこう)／急速趕往；快車	急行(きゅうこう)に乗(の)れば早(はや)く着(つ)く／搭急行電車就能早點抵達
	いそ（ぐ）	急(いそ)ぐ／加緊，趕快	時間(じかん)がないから、急(いそ)いでください／沒時間了，請快一點！
悪	わる（い）	悪(わる)い／不佳，不好；惡劣，有害；不吉祥；錯誤；抱歉	具合(ぐあい)が悪(わる)い／身體不舒服
意	い	意見(いけん)／意見，想法	意見(いけん)を聞(き)く／傾聽意見
手	しゅ	運転手(うんてんしゅ)／司機，駕駛	父(ちち)はタクシーの運転手(うんてんしゅ)だ／父親是計程車司機
	て	手前(てまえ)／眼前；靠近自己這一邊；（當著…的）面前；我（自謙）；你（同輩或以下）	手前(てまえ)にあるコップを取(と)る／拿取眼前的杯子
持	も（てる）	持(も)てる／保有，維持；受歡迎	学生(がくせい)に持(も)てる／受學生歡迎
教	きょう	教育(きょういく)／學校教育；文化素養；學力	教育(きょういく)を受(う)ける／受教育
	おし（える）	教(おし)える／教授，指導	使(つか)い方(かた)を教(おし)える／教授使用的方法
文	ぶん	作文(さくぶん)／作文；寫文章	作文(さくぶん)を書(か)く／寫作文
料	りょう	衣料費(いりょうひ)／治裝費	子(こ)どもの衣料費(いりょうひ)を払(はら)う／支付孩子的治裝費
新	しん	新聞社(しんぶんしゃ)／報社	新聞社(しんぶんしゃ)に５年(ねん)勤(つと)めている／在報社上班５年了
	あたら（しい）	新(あたら)しい／新的；新鮮的	新(あたら)しいのに替(か)える／換一個新的

漢字	發音	舉例	應用
方	ほう	両方(りょうほう)／雙方；兩個方面、方向	カレーとラーメンが両方(りょうほう)とも食(た)べたい／不論是咖哩還是拉麵，我兩個都想吃
	かた	仕方(しかた)／做法；對策；手勢，動作	掃除(そうじ)の仕方(しかた)がわからない／不知道打掃的方法
旅	りょ	旅館(りょかん)／旅館，飯店，民宿	旅館(りょかん)に泊(と)まる／投宿旅館
	ぞく	家族(かぞく)／家族，家屬	家族旅行(かぞくりょこう)／全家出遊
早	はや（い）	早(はや)い／快速；早的；迅速	朝早(あさはや)く出(で)かける／早上早點出門
明	めい	説明(せつめい)／解説，説明	わかりやすく説明(せつめい)をする／淺顯易懂的説明
	あか（るい）	明(あか)るい／明亮的；有希望；陽光開朗；光明磊落	彼(かれ)はいつも明(あか)るい／他總是很開朗
映	えい	映画(えいが)／電影	昨日(きのう)の映画(えいが)はつまらなかった／昨天的電影很無聊
	うつ（る）	映(うつ)る／反射，照映；相襯	鏡(かがみ)に顔(かお)が映(うつ)っている／臉蛋照映在鏡子裡
春	はる	春(はる)／春季，春天；正月；青春時期；人生巔峰	そろそろ春(はる)が来(く)る／春天就快要來了
昼	ひる	昼(ひる)ご飯(はん)／午飯，午餐	昼(ひる)ご飯(はん)を買(か)う／買午飯
曜	よう	木曜日(もくようび)／星期四	木曜日(もくようび)が一番疲(いちばんつか)れる／星期四是最疲憊的
有	ゆう	有名(ゆうめい)／知名，著名	有名(ゆうめい)な作品(さくひん)／有名的作品
服	ふく	洋服(ようふく)／和服的對應詞，西式衣著	かわいい洋服(ようふく)を買(か)った／買了件可愛的衣服
朝	あさ	朝(あさ)ご飯(はん)／早飯，早餐	朝(あさ)ご飯(はん)はしっかり食(た)べる／好好吃頓早餐
業	ぎょう	授業(じゅぎょう)／授課，上課	大学(だいがく)の授業(じゅぎょう)が終(お)わった／大學的課程結束了
楽	がく	音楽(おんがく)／音樂	音楽(おんがく)を聴(き)いている／正在聽音樂
	たの（しい）	楽(たの)しい／開心，愉快	計画(けいかく)を立(た)てるのが楽(たの)しい／訂定計畫的過程很有趣

漢字	發音	舉例	應用
歌	うた	歌(うた)／唱歌；歌曲；和歌，長短歌	歌(うた)が上手(じょうず)／很會唱歌
止	し	中止(ちゅうし)／中途取消、停止	試合(しあい)は中止(ちゅうし)になった／比賽中止了
	と（まる）	止(と)まる／停下，停住；止息，中斷	足(あし)が止(と)まる／不自覺停下腳步
	と（める）	止(と)める／停下，停止；止住；關閉	車(くるま)を止(と)める場所(ばしょ)がない／沒有位置停車
	や（む）	止(や)む／停止，停息	雨(あめ)が止(や)んだ／雨停了
正	しょう	正月(しょうがつ)／正月，新年；像新年一般熱鬧、愉快	正月(しょうがつ)は田舎(いなか)に帰(かえ)る／新年期間我要回鄉下
	ただ（しい）	正(ただ)しい／正確，正直；端正；有條不紊	正(ただ)しい答(こた)え／正確答案
歩	ほ	横断歩道(おうだんほどう)／行人穿越道，斑馬線	横断歩道(おうだんほどう)を渡(わた)る／穿過斑馬線
	ある（く）	歩(ある)く／行走；到處跑	周(まわ)りを見(み)ながら歩(ある)く／一邊觀察四周一邊行走
死	し（ぬ）	死(し)ぬ／死亡；死板；沒有效果	病気(びょうき)で死(し)んだ／因病過世了
注	ちゅう	注意(ちゅうい)／留心觀察；給予忠告	注意(ちゅうい)してください／請注意
洋	よう	西洋(せいよう)／西方，歐美各國	西洋音楽(せいようおんがく)が好(す)きだ／我喜歡西洋音樂
海	かい	海岸(かいがん)／海岸，海濱	海岸(かいがん)を散歩(さんぽ)する／在海邊散步
	うみ	海(うみ)／大海；廣大的湖泊；事物集中且大量的樣子	家(いえ)から海(うみ)が見(み)える／從家裡可以看見大海
漢	かん	痴漢(ちかん)／色狼	痴漢事件(ちかんじけん)が少(すく)なくなった／痴漢的事件逐漸減少了
牛	ぎゅう	牛乳(ぎゅうにゅう)／牛奶	毎朝牛乳(まいあさぎゅうにゅう)を飲(の)む／每天早上都會喝牛奶
	うし	牛(うし)／牛，牛隻；牛肉	牛(うし)を飼(か)う／飼養牛隻
物	ぶつ	見物(けんぶつ)／遊覽，參觀；值得一看的事物	町(まち)を見物(けんぶつ)する／參觀小鎮
	もの	乗(の)り物(もの)／交通工具	乗(の)り物(もの)に乗(の)る／搭乘交通工具
特	とく	特(とく)に／特別，特殊的	特(とく)に質問(しつもん)がない／沒有什麼問題

漢字	發音	舉例	應用
犬	いぬ	犬（いぬ）／狗；奸細，走狗	庭（にわ）に犬（いぬ）がいる／小狗在院子裡
理	り	理由（りゆう）／理由，原因	ちゃんとした理由（りゆう）を言（い）ってほしい／希望能告訴我一個正當的理由
用	よう	用事（ようじ）／要事，必須處理的事	明日（あした）は用事（ようじ）がある／我明天有要事
田	でん	田園（でんえん）／田地，田園	田園（でんえん）の景色（けしき）／田園風光
	た	田中（たなか）／田裡，田野間；日本人名	田中（たなか）に牛（うし）がいる／田野間有牛隻
町	ちょう	町内（ちょうない）／小鎮裡；小鎮裡的人們	町内活動（ちょうないかつどう）／社區活動
	まち	町（まち）／小鎮，城鎮	隣（となり）の町（まち）／隔壁城鎮
画	かく	計画（けいかく）／策畫，規劃	計画（けいかく）を立（た）てる／訂定計畫
	が	漫画（まんが）／漫畫	漫画（まんが）を描（か）く／畫漫畫
界	かい	世界（せかい）／全球，世界；生活的場域，世間；特定領域	世界各国（せかいかっこく）／世界各國
病	びょう	病院（びょういん）／醫院	病院（びょういん）に行（い）く／去醫院
発	はつ	発音（はつおん）／發音	綺麗（きれい）な発音（はつおん）／漂亮的發音
的	てき	目的（もくてき）／目的，目標	目的地（もくてきち）に着（つ）く／抵達目的地
目	め	真面目（まじめ）／認真，踏實；正經，誠實	真面目（まじめ）に働（はたら）く／認真勤奮的工作
	もく	目標（もくひょう）／（前往、行動的）目的地；（射擊等的）目標	目標（もくひょう）に進（すす）む／往目標邁進
真	ま	真（ま）ん中（なか）／正中心，正中央	部屋（へや）の真（ま）ん中（なか）／房間的正中央
着	き	着物（きもの）／衣服；和服	着物（きもの）を着（き）る／穿和服
	き（る）	着（き）る／穿，穿著；承擔，承受	洋服（ようふく）を着（き）る／穿衣服
	つ（く）	着（つ）く／到達；碰觸到，搆到；佔據（位置、地位）	駅（えき）に着（つ）く／抵達車站
知	ち	承知（しょうち）／理解；答應，承諾；原諒	キャンセルを承知（しょうち）しました／您要取消，我了解了。
	し（る）	知（し）る／知道；理解；認識	何（なに）も知（し）らない／什麼也不知道
	し（らせる）	知（し）らせる／通知，告知	みんなに知（し）らせる／告知眾人

漢字	發音	舉例	應用
研	けん	研究(けんきゅう)／研究，探討	歴史(れきし)を研究(けんきゅう)する／研究歷史
社	しゃ	社長(しゃちょう)／社長，總經理，董事長	社長(しゃちょう)はお出(い)でになりました／社長現在外出中
私	わたし	私(わたし)／第一人稱代名詞，指自己，現在多為女性使用	私(わたし)には関係(かんけい)ない／與我無關
秋	あき	秋(あき)／秋季，秋天	読書(どくしょ)の秋(あき)／適合讀書的秋天
究	きゅう	研究(けんきゅう)／研究，探討	文学(ぶんがく)を研究(けんきゅう)する／研究文學
空	くう	空気(くうき)／空氣，大氣；氣氛	新鮮(しんせん)な空気(くうき)／新鮮空氣
	あ（く）	空(あ)く／出現空隙；空出空間；容器空了；空出位置；有空閒	席(せき)は空(あ)いている／有空位
	す（く）	空(す)く／空間中的人、物變少，不滿；肚子餓；心情變得明朗；有空閒	道(みち)が空(す)いている／道路人煙稀少
	そら	空(そら)／天空；天候，天氣；身處異鄉或旅途的境遇；心情狀態	鳥(とり)が空(そら)を飛(と)んでいた／鳥兒飛向空中
立	りつ	立派(りっぱ)／華麗，壯闊，豐盛；傑出，出色	立派(りっぱ)なお屋敷(やしき)／氣派的宅邸
	た（つ）	立(た)つ／站，立；（煙霧）升起；動身離去；（功效、道理等）成立	腹(はら)が立(た)つ／覺得火大
	た（てる）	立(た)てる／立起，豎起；冒出蒸氣；起（風、浪）；發誓，祈願	襟(えり)を立(た)てる／立起領子
答	こた（える）	答(こた)える／回應；解答	問題(もんだい)に答(こた)える／回答問題
紙	かみ	手紙(てがみ)／信，書信；便條	手紙(てがみ)を書(か)く／寫信
終	しゅう	終電(しゅうでん)／末班電車	終電(しゅうでん)に乗(の)る／搭乘末班車
	お（わる）	終(お)わる／結束；以…結尾，以…告終；死亡	仕事(しごと)が終(お)わった／工作結束了
習	しゅう	復習(ふくしゅう)／複習	復習(ふくしゅう)をする／複習
	なら（う）	習(なら)う／學習，練習	英語(えいご)を習(なら)っている／正在學英文
考	かんが（える）	考(かんが)える／思考，考慮	答(こた)えを考(かんが)える／思考答案
者	しゃ	初心者(しょしんしゃ)／新手，初學者	ピアノの初心者(しょしんしゃ)／鋼琴新手

漢字	發音	舉例	應用
肉	にく	牛肉（ぎゅうにく）／牛肉	牛肉（ぎゅうにく）を買（か）う／買牛肉
自	じ	自由（じゆう）／自由，隨意	自由（じゆう）な時間（じかん）／自由時間
色	しき	景色（けしき）／風景，景色；日本茶道的陶器上的精彩之處	山（やま）の景色（けしき）／山的風景
	いろ	黄色（きいろ）／黃色	黄色（きいろ）い花（はな）／黃花
花	か	花瓶（かびん）／花瓶，花器	花瓶（かびん）に花（はな）を生（い）ける／在花瓶裡插入花朵
	はな	花見（はなみ）／賞（櫻）花	お花見（はなみ）を楽（たの）しむ／享受賞花的樂趣
英	えい	英会話（えいかいわ）／英語會話	英会話（えいかいわ）を練習（れんしゅう）する／練習英語會話
茶	ちゃ	紅茶（こうちゃ）／紅茶	温（あたた）かい紅茶（こうちゃ）／溫熱的紅茶
	さ	喫茶店（きっさてん）／咖啡廳，茶館	喫茶店（きっさてん）に入（はい）る／進入咖啡廳
親	しん	親切（しんせつ）／親切，好心	親切（しんせつ）な笑顔（えがお）／親切的笑容
	おや	親（おや）／父母，雙親；會繁殖的母體，母株；祖先；遊戲莊家	親（おや）と相談（そうだん）する／跟父母討論
言	げん	言語学（げんごがく）／研究語言（文法、詞彙、心理等）的學科	言語学（げんごがく）を勉強（べんきょう）している／研讀語言學
	こと	言葉（ことば）／言語，詞彙，單詞	言葉（ことば）を話（はな）す／說話
	い（う）	言（い）う／說話，講話，吭聲	お礼（れい）を言（い）う／表達感謝
計	けい	計算（けいさん）／計算，演算；估計，算計，考慮	計算（けいさん）が得意（とくい）／擅長算數
試	し	試合（しあい）／競賽，比賽	試合（しあい）に勝（か）った／贏了比賽
買	か（う）	買（か）う／購買；招致，惹來；肯定價值	本（ほん）を買（か）う／買書
貸	か（す）	貸（か）す／借給，借出；租借，出租；幫助，協助	彼（かれ）にお金（かね）を貸（か）した／借了錢給他
質	しつ	質問（しつもん）／提問，質問	質問（しつもん）がある／有疑問
赤	あか	赤（あか）い／紅色的；美麗的；左派	顔（かお）が赤（あか）い／臉紅

漢字	發音	舉例	應用
走	そう	御馳走(ごちそう)／請客，款待；佳餚，盛宴	御馳走様(ごちそうさま)／謝謝款待
	はし(る)	走(はし)る／跑，飛馳；奔流；逃跑；通往，貫串	廊下(ろうか)で走(はし)らないでください／請勿在走廊上奔跑
起	おきる	起(お)きる／立起，做起；起床；不睡覺；發生	早(はや)く起(お)きられない／沒辦法早起
	お(こす)	起(お)こす／喚醒；扶起，立起；引起或湧起某種情緒	子(こ)どもを起(お)こす／把孩子叫醒
足	あし	足(あし)／腳，腿；家具、器物的腳；去，來；速度	足(あし)が速(はや)い／跑得很快
	た(りる)	足(た)りる／足夠；值得	卵(たまご)は足(た)りない／雞蛋不夠用了
	た(す)	足(た)す／加法；添加，補上	スープに牛乳(ぎゅうにゅう)を足(た)す／在湯裡加入牛奶
転	てん	運転(うんてん)／駕駛；操作；（資金等）周轉，經營；（天體，時間）運行	車(くるま)を運転(うんてん)する／開車
近	きん	近所(きんじょ)／附近，鄰近；街訪鄰居	近所(きんじょ)の奥(おく)さん／住在附近的太太
	ちか(い)	近(ちか)い／（時間、距離）近；（關係）親密；（性質）相近	近(ちか)い距離(きょり)／很近的距離
送	そう	送信(そうしん)／發送，傳送	メールを送信(そうしん)する／寄郵件
	おく(る)	送(おく)る／送，寄；派遣；送行；度過（時光）	手紙(てがみ)を送(おく)る／送信
通	つう	交通(こうつう)／交通；運輸，輸送	交通事故(こうつうじこ)で怪我(けが)をした／因發生車禍而受了傷
	かよ(う)	通(かよ)う／通勤；往來；流通；心意相通；相似；精通	学校(がっこう)に通(かよ)う／上學
	とお(る)	通(とお)る／走過；通過，穿過；可以理解、接受	山道(やまみち)を通(とお)る／穿過山路
週	しゅう	今週(こんしゅう)／這星期，本週	今週(こんしゅう)の土曜日(どようび)／這週六
運	うん	運動(うんどう)／運動；活動	運動不足(うんどうぶそく)／缺乏運動
	はこ(ぶ)	運(はこ)ぶ／運送，搬運；移動，前往；進展，運行；運筆	荷物(にもつ)を運(はこ)ぶ／搬運行李

漢字	發音	舉例	應用
道	どう	すいどう 水道／自來水（管線）；航道；海峽	すいどうだい 水道代／水費
	みち	ちかみち 近道／近路；捷徑，快速達成目的的手段	ちかみち 近道をする／抄近路
重	おも（い）	おも 重い／（份量）重；（心情、身體、動作）沉重	からだ おも 体が重い／身體很沉重
野	や	や さい 野菜／青菜，蔬菜	や さい つく 野菜サラダを作る／製作蔬菜沙拉
銀	ぎん	ぎんこう 銀行／銀行；保管重要物品的機構、庫	ぎんこう じ あ 銀行は９時に開く／銀行９點開門
開	あ（く）	あ 開く／打開；開張，開始營業	くち あ 口が開く／張開嘴巴
	ひら（く）	ひら 開く／打開；撐開，張開；開張；拉大；打開胸襟	ひら パーティーを開く／開派對
院	いん	にゅういん 入院／住院	びょういん にゅういん 病院に入院した／住院了
集	あつ（まる）	あつ 集まる／聚集，集中	ひと あつ 人が集まる／人群聚集
青	あお（い）	あお 青い／藍色；臉色發青；不成熟的	あお そら 青い空／藍天
音	おん	おんがくかい 音楽会／音樂	おんがくかい い 音楽会に行く／去聽音樂會
	おと	おと 音／聲音，聲響；傳言，音訊	あめ おと うつく 雨の音が美しい／雨聲很好聽
題	だい	もんだい 問題／問題；困難；麻煩事	し けんもんだい 試験問題／問題測驗
風	ふう	ふうぞく 風俗／風俗；服裝，打扮；社會道德	がいこく ふうぞく 外国の風俗／外國的風俗文化
	かぜ	かぜ 風／風；社會中的動向，世態	かぜ ちから うご 風の力で動く／靠風力運轉
飯	はん	ばん はん 晩ご飯／晚飯，晚餐	ばん はん つく 晩ご飯を作る／做晚飯
飲	の（む）	の 飲む／喝，飲用；吞下；妥協；吸（菸）；壓倒	くすり の 薬を飲む／吃藥
館	かん	び じゅつかん 美術館／美術館	び じゅつかん い 美術館に行く／去美術館
駅	えき	えき 駅／車站，驛站	えき まえ わか 駅の前で別れた／在車站前分手
験	けん	けいけん 経験／經驗，經歷	けいけん いい経験になる／成了很好的經驗

漢字	發音	舉例	應用
魚	さかな	魚（さかな）／魚類；下酒菜；下酒的餘興節目或話題	魚（さかな）を釣（つ）る／釣魚
鳥	とり	鳥肉（とりにく）／雞肉（有時也指食用的鳥肉）	鳥肉（とりにく）を食（た）べる／吃雞肉
黒	くろ	黒（くろ）／黑色；圍棋黑子；犯人，嫌疑犯	黒（くろ）の背広（せびろ）／黑色西裝

日檢分類單字

N 4

測驗問題集

JLPT

1 地理、場所(1)　地理、場所(1)

Track 01

◆ 場所、空間、範囲　場所、空間、範圍

裏（うら）	名 裡面，背後；內部；內幕，幕後；內情
表（おもて）	名 表面；正面；外觀；外面
内（うち）	名 …之內；…之中
間（あいだ）	名 期間；間隔，距離；中間；關係；空隙
隅（すみ）	名 角落
真ん中（まんなか）	名 正中間
周り（まわり）	名 周圍，周邊
以外（いがい）	名 除外，以外
手前（てまえ）	名·代 眼前；靠近自己這一邊；（當著…的）面前；我（自謙）；你（同輩或以下）
手元（てもと）	名 身邊，手頭；膝下；生活，生計
此方（こっち）	名 這裡，這邊
何方（どっち）	代 哪一個
遠く（とおく）	名 遠處；很遠
方（ほう）	名 …方，邊；方面；方向
空く（あく）	自五 空著；（職位）空缺；空隙；閒著；有空

活用句庫

例 ゴミ箱（ばこ）は部屋（へや）の 隅（すみ） に置（お）いてあります。	垃圾桶放置於房間角落。
例 今（いま）すぐ こっち に来（こ）られませんか。	你能馬上過來嗎？
例 カレーにしようか、ハンバーグにしようか、どっちも食（た）べたいなあ。	要吃咖哩還是漢堡排呢？兩種都好想吃。
例 今（いま）、手元（てもと） に 5000 円（えん）しかありません。	現在手邊只有 5000 圓。

練習

I [a ～ e]の中（なか）から適当（てきとう）な言葉（ことば）を選（えら）んで、(　　) に入（い）れなさい。

a. 手元（てもと）	b. うち	c. どっち	d. 遠（とお）く	e. 裏（うら）

❶ しばらく会（あ）わない (　　　　　　) にずいぶん大（おお）きくなりましたね。

❷ 葉書（はがき）の (　　　　　　) に元気（げんき）になる言葉（ことば）を書（か）きました。

❸ 東京（とうきょう）タワーがビルとビルの間（あいだ）から見（み）えました。こんなに (　　　　　　) からも見（み）えますよ。

❹ あれとこれと (　　　　　　) が欲（ほ）しいですか。

II [a ～ e]の中（なか）から適当（てきとう）な言葉（ことば）を選（えら）んで、(　　) に入（い）れなさい。

a. 真（ま）ん中（なか）	b. 表（おもて）	c. 以外（いがい）	d. 間（あいだ）	e. 手前（てまえ）

❶ 13 日（にち）から 16 日（にち）の (　　　　　　) はお盆休（ぼんやす）みです。

❷ おにぎりの (　　　　　　) には、祖母（そぼ）の手作（てづく）りの梅干（うめぼ）しが入（はい）っていました。

❸ 地球（ちきゅう） (　　　　　　) の星（ほし）にも、人（ひと）が住（す）めると信（しん）じています。

❹ この葉書（はがき）の (　　　　　　) に、切手（きって）を貼（は）ってください。

2 地理(ちり)、場所(ばしょ)(2) 地理、場所(2)

Track 02

◆ 地域(ちいき) 地域

地理(ちり)	名 地理
社会(しゃかい)	名 社會，世間
西洋(せいよう)	名 西洋
世界(せかい)	名 世界；天地
国内(こくない)	名 該國內部，國內
村(むら)	名 村莊，村落；鄉
田舎(いなか)	名 鄉下，農村；故鄉，老家
郊外(こうがい)	名 郊外
島(しま)	名 島嶼
海岸(かいがん)	名 海岸
湖(みずうみ)	名 湖，湖泊
坂(さか)	名 斜坡
アジア【Asia】	名 亞洲
アフリカ【Africa】	名 非洲
アメリカ【America】	名 美國
県(けん)	名 縣
市(し)	名 …市
町(ちょう)	名・漢造 鎮

練習

I [a ~ e]の中から適当な言葉を選んで、(　　)に入れなさい。

a. 社会	b. 西洋	c. 田舎	d. 地理	e. 町

❶ 横浜の桜木(　　　　　　)に住んで、8年になりました。

❷ 私は(　　　　　　)の文化や歴史に興味があります。

❸ 木村さんは2年前に学校を卒業して、(　　　　　　)に出ました。

❹ ここは山の中、(　　　　　　)です。車がなくて、買い物が不便です。

II [a ~ e]の中から適当な言葉を選んで、(　　)に入れなさい。

a. 湖	b. 県	c. 国際	d. 坂	e. 国内

❶ 神社はこの(　　　　　　)を上った所にあります。

❷ 私は1周10キロのこの(　　　　　　)の周りをよく走っています。

❸ 近年、日本(　　　　　　)で働く外国人の数が増えています。

❹ 相模川を渡ると、山梨(　　　　　　)があります。

III [a ~ e]の中から適当な言葉を選んで、(　　)に入れなさい。

a. 海岸	b. 島	c. 市	d. 世界	e. アメリカ

❶ インターネット上で(　　　　　　)中のいろいろな人とコミュニケーションをとることができます。

❷ 佐々木さんは大阪(　　　　　　)の公務員です。

❸ ここは(　　　　　　)線に沿った松林を利用した公園です。

❹ (　　　　　　)から帰って来た友達がチョコレートのお土産をくれました。

3 時間 (1)

じかん

時間 (1)

Track 03

◆ 過去、現在、未来　過去、現在、未來

(かこ、げんざい、みらい)

最後（さいご）	名	最後
最初（さいしょ）	名	最初，首先
昔（むかし）	名	以前
夕べ（ゆうべ）	名	昨晚；傍晚
今夜（こんや）	名	今晚
明日（あす）	名	明天
今度（こんど）	名	這次；下次；以後
再来週（さらいしゅう）	名	下下星期
再来月（さらいげつ）	名	下下個月
将来（しょうらい）	名	將來
さっき	名・副	剛剛，剛才
最近（さいきん）	名・副	最近
この間（あいだ）	副	最近；前幾天
唯今（ただいま）・只今（ただいま）	副	現在；馬上，剛才；我回來了

活用句庫

例 今年（ことし）最後（さいご）の試合相手（しあいあいて）は、隣（となり）の町（まち）の高校（こうこう）です。
今年最後一場比賽的對手是隔壁町的高中。

例 玄関（げんかん）を入（はい）って最初（さいしょ）に通（とお）された部屋（へや）が応接間（おうせつま）です。
從玄關進來後首先被帶到了客廳。

例 僕（ぼく）は今度（こんど）の木曜日（もくようび）にアメリカへ出発（しゅっぱつ）します。
下星期六我將出發去美國。

例 将来（しょうらい）きっとやってよかったと思（おも）いますよ。
以後一定會慶幸現在有去做的。

例 この間（あいだ）、いろいろお話（はな）しできて嬉（うれ）しかったです。
很高興這段時間能跟你談天說地。

練習

I [a～e]の中（なか）から適当（てきとう）な言葉（ことば）を選（えら）んで、（　　）に入（い）れなさい。

a. 夕（ゆう）べ	b. ただいま	c. 昔（むかし）	d. 今夜（こんや）	e. 最後（さいご）

❶（　　　　　　）怖（こわ）い夢（ゆめ）を見（み）ました。怖（こわ）かったので目（め）が覚（さ）めました。

❷ 人生（じんせい）を賭（か）けて、川（かわ）や海（うみ）や池（いけ）を（　　　　　　）のようなきれいな状態（じょうたい）にしたいです。

❸ 会席料理（かいせきりょうり）の（　　　　　　）には、和菓子（わがし）とお茶（ちゃ）が出（だ）されます。

❹（　　　　　　）6時（じ）でございます。

II [a～e]の中（なか）から適当（てきとう）な言葉（ことば）を選（えら）んで、（　　）に入（い）れなさい。

a. 将来（しょうらい）	b. 再来月（さらいげつ）	c. 今度（こんど）	d. さっき	e. 最初（さいしょ）

❶ 山下（やました）さんは（　　　　　　）出（で）かけましたから、ここにはいません。

❷（　　　　　　）は嫌（いや）だったが、今（いま）は恋人（こいびと）になりました。

❸ まだつらい日々（ひび）ですが、明（あか）るい（　　　　　　）を信（しん）じて進（すす）みましょう。

❹（　　　　　　）の日曜日（にちようび）は彼女（かのじょ）と遊（あそ）びに行（い）くつもりです。

4 時間（2）じかん 時間（2）

Track 04

◆ 時間（じかん）、時（とき）、時刻（じこく） 時間、時候、時刻

時（とき）	名 …時，時候
日（ひ）	名 天，日子
年（とし）	名 年齡；一年
時代（じだい）	名 時代；潮流；歷史
終（お）わり	名 結束，最後
昼間（ひるま）	名 白天
朝寝坊（あさねぼう）	名・自サ 賴床；愛賴床的人
起（お）こす	他五 扶起；叫醒；發生；引起；翻起
暮（く）れる	自下一 日暮，天黑；到了尾聲，年終
間（ま）に合（あ）う	自五 來得及，趕得上；夠用
急（いそ）ぐ	自五 快，急忙，趕緊
始（はじ）める	他下一 開始；開創；發（老毛病）
此（こ）の頃（ごろ）	副 最近
直（す）ぐに	副 馬上

活用句庫

例 雨の 日 、バスが空いていたから、座ることができました。	下雨天，巴士沒什麼人，所以能找到位置坐下。
例 私たちは本当に便利な 時代 に生まれました。	我們真的生在一個便利的時代。
例 日が 暮れて 空がとてもきれいでした。	太陽西下的天空很美。
例 彼氏が話を 始める と、彼女はいつも楽しそうな顔をしています。	一旦男朋友開始講話，她就一副很有興趣的樣子。
例 この頃 、親の背中が小さくなったと感じました。	最近總覺得父母的背影好像縮小了。

練 習

I [a～e]の中から適当な言葉を選んで、(　　)に入れなさい。

a. 年	b. 時代	c. とき	d. 昼間	e. 終わり

❶「年末ジャンボ宝くじ」を見かけるようになると、今年もそろそろ(　　　　　　)です。

❷ 彼は(　　　　　　)働きながら、夜大学で勉強しています。

❸ 口にものが入っている(　　　　　　)はしゃべらないでください。

❹ 姉は私と三つ(　　　　　　)が違います。

II [a～e]の中から適当な言葉を選んで、(　　)に入れなさい。(必要なら形を変えなさい)

a. 暮れる	b. 間に合う	c. 起こす	d. 朝寝坊する	e. 急ぐ

❶ 日が(　　　　　　)空が少しずつ暗くなっていきました。とてもきれいでした。

❷ 今日、(　　　　　　)学校に遅刻しました。

❸ とても(　　　　　　)いたので、傘をどこかに置き忘れてしまいました。

❹ 交通事故を(　　　　　　)ように、十分気をつけて運転しましょう。

5 日常の挨拶、人物（1）

にちじょう　あいさつ　じんぶつ

日常招呼、人物（1）

Track 05

◆ 挨拶言葉　寒暄用語

行って参ります	寒暄 我走了
いってらっしゃい	寒暄 路上小心，慢走，好走
お帰りなさい	寒暄（你）回來了
ようこそ	寒暄 歡迎
よくいらっしゃいました	寒暄 歡迎光臨
お待たせしました	寒暄 讓您久等了
お陰	寒暄 託福；承蒙關照
お陰様で	寒暄 託福，多虧
お大事に	寒暄 珍重，請多保重
畏まりました	寒暄 知道，了解（「わかる」謙讓語）
お目出度うございます	寒暄 恭喜
それはいけませんね	寒暄 那可不行

活用句庫

例 明日から大阪の出張に 行って参ります 。 — 明天我將會去大阪出差。

例 いい天気の お陰 で、皆楽しくすごしました。 — 多虧了好天氣，大家都玩得很盡興。

例 ご結婚 おめでとうございます 。 — 新婚恭喜。

例「風邪を引いて頭が痛いです。」「 それはいけませんね 。すぐお医者さんへ行ったほうがいいです。」 — 「我感冒了，頭好痛。」「那怎麼行，你應該馬上去看醫生。」

練 習

Ⅰ [a～e]の中から適当な言葉を選んで、(　　)に入れなさい。

a. いってらっしゃい	b. 行って参ります	
c. おめでとうございます	d. お待たせしました	e. ようこそ

❶ 今日はお忙しい中、皆様(　　　　　　　　)いらっしゃいました。

❷ (　　　　　　　　)、今日も１日頑張ってね。

❸ では、私は明日東京の出張に(　　　　　　　　)。

❹ (　　　　　　　　)。こちらが北京ダックです。

Ⅱ [a～e]の中から適当な言葉を選んで、(　　)に入れなさい。

a. それはいけませんね	b. よくいらっしゃいました	
c. かしこまりました	d. お陰様で	e. お大事に

❶ はい、(　　　　　　　　)。確かに明日までにお届けします。

❷「ご家族の皆様はお元気ですか。」「はい、(　　　　　　　　)みんな元気です。」

❸ 風邪が早く治るといいですね。(　　　　　　　　)。

❹ 友の会へ(　　　　　　　　)。

6 日常の挨拶、人物 (2)

日常招呼、人物 (2)

Track 06

◆ いろいろな人を表す言葉　各種人物的稱呼

お子さん（こ）	名 您孩子，令郎，令嫒
息子さん（むすこ）	名（尊稱他人的）令郎
娘さん（むすめ）	名 您女兒，令嫒
お嬢さん（じょう）	名 您女兒，令嫒；小姐；千金小姐
高校生（こうこうせい）	名 高中生
大学生（だいがくせい）	名 大學生
先輩（せんぱい）	名 學姐，學長；老前輩
客（きゃく）	名 客人；顧客
店員（てんいん）	名 店員
社長（しゃちょう）	名 社長
お金持ち（かねも）	名 有錢人
市民（しみん）	名 市民，公民
君（きみ）	名 你（男性對同輩以下的親密稱呼）
員（いん）	名 人員；人數；成員；…員
方（かた）	名（敬）人

活用句庫

例 息子(むすこ)さん にきちんと気持(きも)ちを伝(つた)えられましたか。	你有好好向令郎表達心意了嗎？
例 娘(むすめ)さん とは上手(うま)くいってますか。	你和令嬡處得還好嗎？
例 おたくの お嬢(じょう)さん のピアノ、お上手(じょうず)ですね。	您家女兒的鋼琴彈得真好啊。
例 社長(しゃちょう) の話(はなし)は、本当(ほんとう)にいい話(はなし)です。	社長的話真的很有道理。
例 田中(たなか)さんという 方(かた) からお電話(でんわ)です。	一位姓田中的小姐來電。

練 習

I [a ～ e]の中(なか)から適当(てきとう)な言葉(ことば)を選(えら)んで、(　　)に入(い)れなさい。

a. 先輩(せんぱい)	b. お子(こ)さん	c. 店員(てんいん)	d. 高校生(こうこうせい)	e. 社長(しゃちょう)

❶ 明(あか)るいカフェで女子(じょし)(　　　　　　)が楽(たの)しそうに勉強(べんきょう)しています。

❷ (　　　　　　)への薬(くすり)の飲(の)ませ方(かた)はここでご紹介(しょうかい)します。

❸ 中山(なかやま)さんは大学(だいがく)の(　　　　　　)で、サークルで出会(であ)いました。

❹ 高橋(たかはし)さんはコンビニで(　　　　　　)のバイトをしています。

II [a ～ e]の中(なか)から適当(てきとう)な言葉(ことば)を選(えら)んで、(　　)に入(い)れなさい。

a. 員(いん)	b. 君(きみ)	c. お金持(かねも)ち	d. 市民(しみん)	e. 客(きゃく)

❶ 子(こ)どもの頃(ころ)から(　　　　　　)になるのが夢(ゆめ)でした。

❷ このうどん屋(や)はおいしいし、値段(ねだん)も安(やす)いので、いつもお(　　　　　　)さんが多(おお)いです。

❸ 彼女(かのじょ)は(　　　　　　)にああ言(い)ったけど、本当(ほんとう)は(　　　　　　)のことが好(す)きなんですよ。

❹ ここは(　　　　　　)にとって、とても大切(たいせつ)な自然(しぜん)です。

7 日常の挨拶、人物(3)

にちじょう あいさつ じんぶつ

日常招呼、人物(3)

Track 07

◆ 男女（だんじょ） 男女

男性（だんせい）	名 男性
女性（じょせい）	名 女性
彼女（かのじょ）	名 她；女朋友
彼（かれ）	名·代 他；男朋友
彼氏（かれし）	名·代 男朋友；他
彼等（かれら）	名·代 他們
人口（じんこう）	名 人口
皆（みな）	名 大家；所有的
集まる（あつまる）	自五 聚集，集合
集める（あつめる）	他下一 集合；收集；集中
連れる（つれる）	他下一 帶領，帶著
欠ける（かける）	自下一 缺損；缺少

活用句庫

例 彼は昼間の仕事のほかに、毎晩高校に通っています。 — 他除了白天的工作之外，每天晚上還在高中讀書。

例 私は彼氏のことで少し悩んでいます。 — 男朋友的事讓我有點煩惱。

例 私は彼らの演奏は素晴らしいと思います。 — 我覺得他們的演奏非常精彩。

例 台湾の人口は、日本の人口のほぼ5分の1です。 — 台灣人口大約是日本人口的5分之1。

練習

I [a～e]の中から適当な言葉を選んで、(　　)に入れなさい。

a. 男性	b. 彼ら	c. 人口	d. 彼女	e. 皆

❶ 田舎の若者(　　　　　　)はどんどん少なくなっています。

❷ 僕は先月、3年付き合っていた(　　　　　　)と別れました。

❸ 彼のように強くて優しい(　　　　　　)になりたいです。

❹ すみません、これら(　　　　　　)ください。

II [a～e]の中から適当な言葉を選んで、(　　)に入れなさい。(必要なら形を変えなさい)

a. 集める	b. 集まる	c. 欠ける	d. 連れる	e. 空く

❶ 先生はみんなをランニングに(　　　　　　)行きました。

❷ 卒業式の練習のために生徒たちを講堂に(　　　　　　)います。

❸ 歌を歌うことが好きな人が(　　　　　　)、会を作りました。

❹ 硬いものを食べていたら、歯が(　　　　　　)しまいました。

8 日常の挨拶、人物 (4)

にちじょう　あいさつ　じんぶつ

日常招呼、人物 (4)

Track 08

◆ 老人、子供、家族　老人、小孩、家人

ろうじん　こども　かぞく

ぼく	僕	名	我（男性用）
そふ	祖父	名	祖父，外祖父
そぼ	祖母	名	祖母，外祖母，奶奶，外婆
おや	親	名	父母；祖先；主根；始祖
おっと	夫	名	丈夫
しゅじん	主人	名	老公，（我）丈夫，先生；主人
つま	妻	名	（對外稱自己的）妻子，太太
かない	家内	名	妻子
こ	子	名	孩子
あか	赤ちゃん	名	嬰兒
あか　ぼう	赤ん坊	名	嬰兒；不暗世故的人
こそだ	子育て	名・自サ	養育小孩，育兒
そだ	育てる	他下一	撫育，培植；培養
に	似る	自上一	相像，類似

活用句庫

例 祖母(そぼ)の作(つく)ったお菓子(かし)はとてもおいしいです。	外婆做的點心非常美味。
例「考(かんが)えてから言(い)いなさい。」と親(おや)からよく言(い)われました。	被父母說了，「思考後再說出來！」。
例 主人(しゅじん)はただいま出(で)かけております。８時(じ)ごろ帰(かえ)ると思(おも)います。	我先生目前外出，應該８點左右會回來。

練習

I [a～e]の中(なか)から適当(てきとう)な言葉(ことば)を選(えら)んで、(　　)に入(い)れなさい。

a. 赤(あか)ちゃん	b. ご主人(しゅじん)	c. 夫(おっと)	d. 祖父(そふ)	e. 子育(こそだ)て

❶ 真智子(まちこ)さんの(　　　　　　)は目(め)が大(おお)きくて、とてもかわいいです。

❷ 97歳(さい)の(　　　　　　)はよく昔(むかし)の話(はなし)を聞(き)かせてくれました。

❸ 最近(さいきん)、(　　　　　　)は仕事(しごと)が忙(いそが)しくて、帰(かえ)るのが遅(おそ)くなっています。

❹ 働(はたら)きながらの(　　　　　　)は大変(たいへん)ですね。

II [a～e]の中(なか)から適当(てきとう)な言葉(ことば)を選(えら)んで、(　　)に入(い)れなさい。

a. 家内(かない)	b. 子(こ)	c. 赤(あか)ん坊(ぼう)	d. 僕(ぼく)	e. 親(おや)

❶ (　　　　　　)は足(あし)も手(て)も小(ちい)さいが、よく動(うご)いています。

❷ 父一人(ちちひとり)で３人(にん)の(　　　　　　)を育(そだ)て上(あ)げました。

❸ 大学(だいがく)を卒業(そつぎょう)しても(　　　　　　)といっしょに住(す)んでいます。

❹ (　　　　　　)は今一人暮(いまひとりぐ)らしの大学生(だいがくせい)です。

9 日常の挨拶、人物 (5)

にちじょう あいさつ じんぶつ

日常招呼、人物 (5)

Track 09

◆ 態度、性格（たいど、せいかく） 態度、性格

親切（しんせつ）	名・形動	親切，客氣
丁寧（ていねい）	名・形動	客氣；仔細；尊敬
熱心（ねっしん）	名・形動	專注，熱衷；熱心；熱情
真面目（まじめ）	名・形動	認真；誠實
一生懸命（いっしょうけんめい）	副・形動	拼命地，努力地；一心一意
適当（てきとう）	名・自サ・形動	適當；適度；隨便
優しい（やさしい）	形	溫柔的，體貼的；柔和的；親切的
可笑しい（おかしい）	形	奇怪的，可笑的；可疑的，不正常的
細かい（こまかい）	形	細小；仔細；無微不至
酷い（ひどい）	形	殘酷；過分；非常；嚴重，猛烈
騒ぐ（さわぐ）	自五	吵鬧，喧囂；慌亂，慌張；激動

◆ 人間関係（にんげんかんけい） 人際關係

関係（かんけい）	名	關係；影響
習慣（しゅうかん）	名	習慣
力（ちから）	名	力氣；能力
自由（じゆう）	名・形動	自由，隨便
失礼（しつれい）	名・形動・自サ	失禮，沒禮貌；失陪
紹介（しょうかい）	名・他サ	介紹

世話（せわ）	名・他サ	幫忙；照顧，照料
挨拶（あいさつ）	名・自サ	寒暄，打招呼，拜訪；致詞
喧嘩（けんか）	名・自サ	吵架；打架
遠慮（えんりょ）	名・自他サ	客氣；謝絕
別れる（わかれる）	自下一	分別，分開
褒める（ほめる）	他下一	誇獎

練習

Ⅰ [a ～ e]の中から適当な言葉を選んで、(　　)に入れなさい。(必要なら形を変えなさい)

a. おかしい	b. 適当	c. ひどい	d. 丁寧	e. 親切

❶ 朝から(　　　　　　)雨が降っていたので、1日中家にいました。

❷ (　　　　　　)運動は体にいいです。

❸ 仕事は早くするより(　　　　　　)にしましょう。

❹ (　　　　　　)なと思ったら110番、または近くの警察署まで連絡しましょう。

Ⅱ [a ～ e]の中から適当な言葉を選んで、(　　)に入れなさい。(必要なら形を変えなさい)

a. 優しい	b. 細かい	c. 失礼	d. 自由	e. 熱心

❶ (　　　　　　)ことまではよく覚えていません。

❷ 日本語の試験が近いので、学生は(　　　　　　)に勉強しています。

❸ 人に(　　　　　　)したら、何倍にもなって自分に幸せが返ってきます。

❹ (　　　　　　)ですが、お名前を教えていただけますか。

10 体、病気、スポーツ (1)

からだ　びょうき

人體、疾病、運動 (1)

Track 10

◆ 身体（しんたい）　人體

格好（かっこう）・恰好（かっこう）	名 外表，裝扮
髪（かみ）	名 頭髮
毛（け）	名 頭髮，汗毛
ひげ	名 鬍鬚
首（くび）	名 頸部，脖子；頭部，腦袋
喉（のど）	名 喉嚨
背中（せなか）	名 背部
腕（うで）	名 胳臂；本領；托架，扶手
指（ゆび）	名 手指
爪（つめ）	名 指甲
血（ち）	名 血；血緣
おなら	名 屁

◆ 生死（せいし）、体質（たいしつ）　生死、體質

ダイエット【diet】	名・自サ（為治療或調節體重）規定飲食；減重療法；減重，減肥
弱い（よわい）	形 虛弱；不擅長，不高明
眠い（ねむい）	形 睏
眠る（ねむる）	自五 睡覺
生きる（いきる）	自上一 活，生存；生活；致力於…；生動

動(うご)く	自五 變動，移動；擺動；改變；行動，運動；感動，動搖
乾(かわ)く	自五 乾；口渴
触(さわ)る	自五 碰觸，觸摸；接觸；觸怒，觸犯
太(ふと)る	自五 胖，肥胖；增加
痩(や)せる	自下一 瘦；貧瘠
亡(な)くなる	他五 去世，死亡

練　習

I [a ～ e]の中(なか)から適当(てきとう)な言葉(ことば)を選(えら)んで、(　　)に入(い)れなさい。

a. 爪(つめ)	b. 髭(ひげ)	c. おなら	d. 髪(かみ)	e. 喉(のど)

❶ 風邪(かぜ)で（　　　　　　）が痛(いた)くて、声(こえ)が出(だ)そうにも出(だ)せません。

❷ 足(あし)の親指(おやゆび)の（　　　　　　）が伸(の)びています。

❸ １か月半(げつはん)に１回(かい)、床屋(とこや)に（　　　　　　）を切(き)ってもらいに行(い)っています。

❹ 誰(だれ)か（　　　　　　）をしましたか。部屋中(へやじゅう)が臭(くさ)いですよ。

II [a ～ e]の中(なか)から適当(てきとう)な言葉(ことば)を選(えら)んで、(　　)に入(い)れなさい。(必要(ひつよう)なら形(かたち)を変(か)えなさい)

a. 動(うご)く	b. 眠(ねむ)る	c. 太(ふと)る	d. 亡(な)くなる	e. 触(さわ)る

❶ お正月(しょうがつ)に食(た)べ過(す)ぎました！（　　　　　　）しまいました！

❷ ゆっくり揺(ゆ)れるベッドではよく（　　　　　　）れるようです。

❸ 急(きゅう)に車(くるま)が（　　　　　　）なりました。故障(こしょう)かもしれません。

❹ 父(ちち)が早(はや)くに（　　　　　　）ので、母(はは)は私(わたし)を一人(ひとり)で育(そだ)ててくれました。

11 体、病気、スポーツ (2)

からだ　びょうき

人體、疾病、運動 (2)

Track 11

◆ 病気、治療　疾病、治療

熱（ねつ）	名 高溫；熱；發燒
インフルエンザ【influenza】	名 流行性感冒
花粉症（かふんしょう）	名 花粉症，因花粉而引起的過敏鼻炎，結膜炎
お見舞い（おみまい）	名 探望，探病
具合（ぐあい）	名（健康等）狀況；方便，合適；方法
ヘルパー【helper】	名 幫傭；看護
お医者さん（おいしゃさん）	名 醫生
怪我（けが）	名・自サ 受傷；損失，過失
入院（にゅういん）	名・自サ 住院
退院（たいいん）	名・自サ 出院
注射（ちゅうしゃ）	名・他サ 打針
折る（おる）	他五 摺疊；折斷
倒れる（たおれる）	自下一 倒下；垮台；死亡
塗る（ぬる）	他五 塗抹，塗上
治る（なおる）	自五 治癒，痊癒
止める（やめる）	他下一 停止
てしまう	補動 強調某一狀態或動作完了；懊悔

練習

I [a ～ e]の中から適当な言葉を選んで、(　　)に入れなさい。

a. 注射	b. 熱	c. 退院	d. お見舞い	e. 具合

❶ 友人が病院に入院したので、(　　　　　　)に行きました。

❷ (　　　　　　)が悪いなら、病院で見てもらったほうがいいですよ。

❸ 頭と喉が痛いが、(　　　　　　)はありません。

❹ 今日の痛み止めの(　　　　　　)は痛かったです。

II [a ～ e]の中から適当な言葉を選んで、(　　)に入れなさい。(必要なら形を変えなさい)

a. 止める	b. 倒れる	c. 怪我する	d. 折る	e. 塗る

❶ お医者さんから、お酒を(　　　　　　)ように言われました。

❷ 交通事故で(　　　　　　)人が、病院に運ばれました。

❸ 娘に背中の痛いところに薬を(　　　　　　)もらいました。

❹ 台風で(　　　　　　)自転車を起こしました。

III [a ～ e]の中から適当な言葉を選んで、(　　)に入れなさい。

a. ヘルパー	b. 入院	c. インフルエンザ
d. お医者さん	e. 花粉症	

❶ お腹が痛くて、(　　　　　　)に診てもらいました。

❷ 今年も(　　　　　　)の注射が始まりました。

❸ (　　　　　　)の季節になると、目がいつも痒くてたまりません。

❹ 彼はホーム(　　　　　　)の仕事に向いていると思います。

12 体、病気、スポーツ(3)

からだ　びょうき

人體、疾病、運動(3)

Track 12

◆ 体育、試合　體育、競賽

たいいく　しあい

テニス【tennis】	名	網球
テニスコート【tennis court】	名	網球場
柔道（じゅうどう）	名	柔道
運動（うんどう）	名・自サ	運動；活動
水泳（すいえい）	名・自サ	游泳
試合（しあい）	名・自サ	比賽
競争（きょうそう）	名・自他サ	競爭，競賽
失敗（しっぱい）	名・自サ	失敗
駆ける・駈ける（か）	自下一	奔跑，快跑
滑る（すべ）	自下一	滑(倒)；滑動；(手)滑；不及格，落榜；下跌
投げる（な）	自下一	丟，拋；摔；提供；投射；放棄
打つ（う）	他五	打擊，打；標記
勝つ（か）	自五	贏，勝利；克服
負ける（ま）	自下一	輸；屈服

活用句庫

例 この週末（しゅうまつ）、天気（てんき）がよければ、テニス をしませんか。

如果週末天氣好的話，要不要去打網球？

例 柔道（じゅうどう）は体（からだ）だけでなく、心（こころ）も強（つよ）くなれますよ。

柔道不只是訓練體能，也能強化心志。

例 相手（あいて）がいないと 競争（きょうそう）にはなりませんね。

沒有對手，就無法競爭了。

例 毎晩（まいばん）9時（じ）から軽（かる）い 運動（うんどう）をするようにしています。

我固定每晚9點做些簡單的運動。

練習

I [a～e]の中（なか）から適当（てきとう）な言葉（ことば）を選（えら）んで、(　　)に入（い）れなさい。

a. テニス	b. 水泳（すいえい）	c. 失敗（しっぱい）	d. テニスコート	e. 試合（しあい）

❶ 一番（いちばん）(　　　　　　)を楽（たの）しんだ人（ひと）が、(　　　　　　)に勝（か）てます。

❷ 学生時代（がくせいじだい）は(　　　　　　)をやっていたので、泳（およ）ぎは得意（とくい）です。

❸ 夜（よる）でも(　　　　　　)は昼（ひる）のように明（あか）るかったです。

❹ 私（わたし）は多（おお）くの間違（まちが）いと(　　　　　　)を経験（けいけん）しながら学（まな）んできました。

II [a～e]の中（なか）から適当（てきとう）な言葉（ことば）を選（えら）んで、(　　)に入（い）れなさい。(必要（ひつよう）なら形（かたち）を変（か）えなさい)

a. 滑（すべ）る	b. 投（な）げる	c. 負（ま）ける	d. 打（う）つ	e. 駆（か）ける

❶ バナナの皮（かわ）を踏（ふ）んで(　　　　　　)怪我（けが）をしました。

❷ 馬（うま）に乗（の）って草原（そうげん）を(　　　　　　)みたいです。

❸ 川（かわ）に石（いし）を(　　　　　　)遊（あそ）びました。

❹ 倒（たお）れたときに、頭（あたま）を(　　　　　　)ので、すぐ病院（びょういん）に運（はこ）ばれました。

13 大自然(1)（だいしぜん） 大自然(1)

Track 13

◆ 自然（しぜん）、気象（きしょう） 自然、氣象

枝（えだ）	名 樹枝；分枝
草（くさ）	名 草
葉（は）	名 葉子，樹葉
林（はやし）	名 樹林；林立；(轉)事物集中貌
森（もり）	名 樹林
雲（くも）	名 雲
月（つき）	名 月亮
星（ほし）	名 星星
地震（じしん）	名 地震
台風（たいふう）	名 颱風
季節（きせつ）	名 季節
光（ひかり）	名 光亮，光線；(喻)光明，希望；威力，光榮
緑（みどり）	名 綠色，翠綠；樹的嫩芽
浅い（あさい）	形 淺的；(事物程度)微少；淡的；薄的
深い（ふかい）	形 深的；濃的；晚的；(情感)深的；(關係)密切的
植える（うえる）	他下一 種植；培養
折れる（おれる）	自下一 折彎；折斷；拐彎；屈服
開く（ひらく）	自·他五 綻放；打開；拉開；開拓；開設；開導

冷(ひ)える	自下一 變冷；變冷淡
止(や)む	自五 停止
下(さ)がる	自五 下降；下垂；降低（價格、程度、溫度等）；衰退
光(ひか)る	自五 發光，發亮；出眾
映(うつ)る	自五 反射，映照；相襯
どんどん	副 連續不斷，接二連三；（炮鼓等連續不斷的聲音）咚咚；（進展）順利；（氣勢）旺盛

練　習

Ⅰ [a ～ e]の中(なか)から適当(てきとう)な言葉(ことば)を選(えら)んで、（　　）に入(い)れなさい。

a. 枝(えだ)	b. 台風(たいふう)	c. 雲(くも)	d. 月(つき)	e. 地震(じしん)

❶ 今夜(こんや)は空(そら)の（　　　　　　）がとっても丸(まる)くてきれいです。

❷ 今日(きょう)は（　　　　　　）一(ひと)つない、素晴(すば)らしい天気(てんき)です。

❸ 強(つよ)い風(かぜ)で木(き)の（　　　　　　）が揺(ゆ)れています。

❹ （　　　　　　）のため、飛行機(ひこうき)をやめて、新幹線(しんかんせん)で帰(かえ)ります。

Ⅱ [a ～ e]の中(なか)から適当(てきとう)な言葉(ことば)を選(えら)んで、（　　）に入(い)れなさい。（必要(ひつよう)なら形(かたち)を変(か)えなさい）

a. 冷(ひ)える	b. 止(と)める	c. 映(うつ)る	d. 止(や)む	e. 植(う)える

❶ （　　　　　　）体(からだ)を、ストーブで暖(あたた)めました。

❷ 庭(にわ)にいろんな花(はな)を（　　　　　　）ましょう。

❸ 西(にし)の空(そら)はすでに明(あか)るくなって、この雨(あめ)はもうすぐ（　　　　　　）でしょう。

❹ 月(つき)が田(た)んぼに（　　　　　　）、二(ふた)つになりました。

14 大自然（2） 大自然（2）

Track 14

◆ いろいろな物質 各種物質

空気（くうき）	名 空氣；氣氛
火（ひ）	名 火
石（いし）	名 石頭，岩石；（猜拳）石頭，結石；鑽石；堅硬
砂（すな）	名 沙
ガソリン【gasoline】	名 汽油
ガラス【（荷）glas】	名 玻璃
絹（きぬ）	名 絲
ナイロン【nylon】	名 尼龍
木綿（もめん）	名 棉
ごみ	名 垃圾
固い・硬い・堅い（かたい）	形 堅硬；結實；堅定；可靠；嚴厲；固執
捨てる（すてる）	他下一 丟掉，拋棄；放棄

活用句庫

例 大(おお)きなやかんに水(みず)を入(い)れ、ガスコンロの火(ひ)を点(つ)けました。	在大水壺裡裝水，再把瓦斯爐的火打開。
例 石(いし)だと思(おも)って触(さわ)ったら蛙(かえる)でした。	以為是石頭，一摸竟然是隻青蛙。
例 柔(やわ)らかいベッドより少(すこ)し硬(かた)いベッドのほうがよく眠(ねむ)れます。	比起柔軟的床鋪，有點硬度會比較好睡。
例 ここにゴミを捨(す)ててはいけません。	這裡不能丟棄垃圾。

練習

I [a ～ e]の中(なか)から適当(てきとう)な言葉(ことば)を選(えら)んで、(　　)に入(い)れなさい。

a. ナイロン	b. 砂(すな)	c. 空気(くうき)	d. 火(ひ)	e. ガラス

❶ 部屋(へや)に入(はい)る前(まえ)に、タバコの(　　　　　　　)は必(かなら)ず消(け)してください。

❷ 部屋(へや)に新(あたら)しい(　　　　　　　)を入(い)れましょう。

❸ この(　　　　　　　)は外側(そとがわ)から中(なか)は見(み)えません。

❹ 公園(こうえん)で子(こ)どもが楽(たの)しく(　　　　　　　)の城(しろ)を作(つく)っています。

II [a ～ e]の中(なか)から適当(てきとう)な言葉(ことば)を選(えら)んで、(　　)に入(い)れなさい。

a. ゴミ	b. ガソリン	c. 石(いし)	d. 林(はやし)	e. 絹(きぬ)

❶ 私(わたし)たちが着(き)ている着物(きもの)の大半(たいはん)は(　　　　　　　)でできています。

❷ 2週間前(しゅうかんまえ)に買(か)ったパンは(　　　　　　　)のように硬(かた)くなっていました。

❸ 出発(しゅっぱつ)する前(まえ)に、車(くるま)に(　　　　　　　)を入(い)れましょう。

❹ 燃(も)えない(　　　　　　　)は、毎週火曜日(まいしゅうかようび)に出(だ)してください。

15 飲食(いんしょく)(1) 飲食(1)

Track 15

◆ 料理(りょうり)、味(あじ) 烹調、味道

味(あじ)	㊔ 味道；趣味；滋味
匂い(にお)	㊔ 味道；風貌
大匙(おおさじ)	㊔ 大匙，湯匙
小匙(こさじ)	㊔ 小匙，茶匙
コーヒーカップ【coffee cup】	㊔ 咖啡杯
味見(あじみ)	名・自サ 試吃，嚐味道
ラップ【wrap】	名・他サ 保鮮膜；包裝，包裹
苦い(にが)	㊊ 苦；痛苦
柔らかい(やわ)	㊊ 柔軟的
漬ける(つ)	他下一 醃；浸泡
包む(つつ)	他五 包住，包起來；隱藏，隱瞞
焼く(や)	他五 焚燒；烤；曬；嫉妒
焼ける(や)	自下一 烤熟；(被)烤熟；曬黑；燥熱；發紅；添麻煩；感到嫉妒
沸かす(わ)	他五 煮沸；使沸騰
沸く(わ)	自五 煮沸，煮開；興奮

活用句庫

例 大匙1杯の砂糖を入れるだけで、味がずいぶんよくなります。
只是加入一大匙砂糖，味道就會美味許多。

例 この味噌はとてもおいしいなんですよ。味見をしてみてください。
這款味噌非常好吃，請試吃看看。

例 ビールは苦いので、あまり飲みません。
啤酒很苦，所以我不太常喝。

例 ベッドが柔らかすぎて寝れません。腰が痛いです。
床鋪太軟了沒辦法睡。腰也好痛。

練習

I [a～e]の中から適当な言葉を選んで、(　　)に入れなさい。

a. 小さじ	b. コーヒーカップ	c. ラップ	d. 味	e. 匂い

❶ 最後に(　　　　　　　)1杯の醤油をかけると風味が違うんですよ。

❷ 家へ帰るとカレーの(　　　　　　　)がしました。

❸ (　　　　　　　)が薄かったので、醤油を少し足しました。

❹ 刺身をきれいに皿に盛ったら、(　　　　　　　)をして冷蔵庫に入れましょう。

II [a～e]の中から適当な言葉を選んで、(　　)に入れなさい。(必要なら形を変えなさい)

a. 焼く	b. 包む	c. 沸く	d. 沸かす	e. 漬ける

❶ きれいな紙でプレゼントを(　　　　　　　)もらいました。

❷ ぬかみそに野菜を(　　　　　　　)おきましょう。

❸ 鍋でお湯を(　　　　　　　)ら火を弱くして、鶏肉を入れます。

❹ お風呂が(　　　　　　　)いますから、どうぞ入ってください。

16 飲食 (2) 飲食 (2)

Track 16

◆ 食事、食べ物　用餐、食物

夕飯（ゆうはん）	名 晚飯
食料品（しょくりょうひん）	名 食品
米（こめ）	名 米
味噌（みそ）	名 味噌
ジャム【jam】	名 果醬
湯（ゆ）	名 開水，熱水；浴池；溫泉；洗澡水
葡萄（ぶどう）	名 葡萄
支度（したく）	名・自他サ 準備；打扮；準備用餐
準備（じゅんび）	名・他サ 準備
用意（ようい）	名・他サ 準備；注意
食事（しょくじ）	名・自サ 用餐，吃飯；餐點
噛む（かむ）	他五 咬
残る（のこる）	自五 剩餘，剩下；遺留

活用句庫

例 食料品売り場はいつもお客さんがたくさんいます。 食品販賣區總是有許多客人。

例 ソーラークッカーでお湯を沸かしました。 用太陽能爐灶把水煮開了。

例 旅行の前日の支度がいちばん楽しいです。 旅行前一天的準備是最令人興奮的。

例 昨日は卒業式の準備で遅くまで学校にいました。 昨天因為畢業典禮的準備工作，在學校待到很晚。

練習

Ⅰ [a ～ e]の中から適当な言葉を選んで、(　　)に入れなさい。

a. 米　b. 支度　c. 湯　d. 夕飯　e. ジャム

❶ 朝はパンに(　　　　　)を塗って食べ、昼はパンにハムを挟んで食べます。

❷ 水が良くないので、おいしい(　　　　　)が育ちません。

❸ (　　　　　)はいつも家族みんなが帰るまで待ってから食べます。

❹ お(　　　　　)が沸きました。急須にティーバッグを入れお茶を淹れます。

Ⅱ [a ～ e]の中から適当な言葉を選んで、(　　)に入れなさい。

a. 用意　b. 食料品　c. 食事　d. 葡萄　e. 味噌

❶ 12時になったら一緒に(　　　　　)に行きましょう。

❷ 失礼いたします。山田様、資料のご(　　　　　)ができました。

❸ 日本の朝ご飯といえば、ご飯と(　　　　　)汁です。

❹ (　　　　　)と砂糖でワインを作ってみました。

17 飲食（3）（いんしょく）

飲食（3）

Track 17

◆ 外食（がいしょく） 餐廳用餐

喫煙席（きつえんせき）	名	吸煙席，吸煙區
禁煙席（きんえんせき）	名	禁煙席，禁煙區
レジ【register 之略】	名	收銀台
宴会（えんかい）	名	宴會，酒宴
合（ごう）コン	名	聯誼
歓迎会（かんげいかい）	名	歡迎會，迎新會
送別会（そうべつかい）	名	送別會
食（た）べ放題（ほうだい）	名	吃到飽，盡量吃，隨意吃
飲（の）み放題（ほうだい）	名	喝到飽，無限暢飲
おつまみ	名	下酒菜，小菜
サンドイッチ【sandwich】	名	三明治
ケーキ【cake】	名	蛋糕
サラダ【salad】	名	沙拉
ステーキ【steak】	名	牛排
天（てん）ぷら	名	天婦羅
外食（がいしょく）	名・自サ	外食，在外用餐
御馳走（ごちそう）	名・他サ	請客；豐盛佳餚
大嫌（だいきら）い	形動	極不喜歡，最討厭

空く	自五 空著；(職位)空缺；空隙；閒著；有空
代わりに	接續 代替，替代；交換

練習

Ⅰ [a ～ e]の中から適当な言葉を選んで、(　　)に入れなさい。

a. 飲み放題	b. おつまみ	c. 喫煙席
d. 食べ放題	e. サンドイッチ	

❶ このパン屋さんの(　　　　　　　　)はおいしいから、いつも混んでいます。

❷ これはワインやビールなどのお酒によく合う(　　　　　　　　)ですよ。

❸ タバコを吸いたいから(　　　　　　　　)でお願いします。

❹ 札幌で、カニ(　　　　　　　　)に行きたいと思っています。

Ⅱ [a ～ e]の中から適当な言葉を選んで、(　　)に入れなさい。

a. ステーキ	b. 合コン	c. サラダ	d. レジ	e. 天ぷら

❶ 新鮮なエビで作った揚げたての(　　　　　　　　)が好きです。

❷ ランチで(　　　　　　　　)を頼みました。やわらかく焼いたお肉でおいしかったです。

❸ 会社の(　　　　　　　　)で出会った女の子といい感じになりました。

❹ 暑い夏は、よく野菜と豆腐で作った冷たい(　　　　　　　　)を食べます。

18 服装（ふくそう）、装身具（そうしんぐ）、素材（そざい）

服裝、配件、素材

Track 18

着物（きもの）	名 衣服；和服
下着（したぎ）	名 內衣，貼身衣物
手袋（てぶくろ）	名 手套
イヤリング【earring】	名 耳環
財布（さいふ）	名 錢包
サンダル【sandal】	名 涼鞋
指輪（ゆびわ）	名 戒指
糸（いと）	名 線；（三弦琴的）弦；魚線；線狀
毛（け）	名 羊毛，毛線，毛織物
アクセサリー【accessary】	名 飾品，裝飾品；零件
スーツ【suit】	名 套裝
ハンドバッグ【handbag】	名 手提包
ソフト【soft】	名・形動 柔軟；溫柔；軟體
付（つ）ける	他下一 裝上，附上；塗上
履（は）く	他五 穿（鞋、襪）
濡（ぬ）れる	自下一 淋濕
汚（よご）れる	自下一 髒污；齷齪

活用句庫

例 下着（したぎ）と靴下（くつした）は毎日（まいにち）必（かなら）ず取（と）り替（か）えます。
我每天都一定會更換內衣褲跟襪子。

例 彼女（かのじょ）の髪（かみ）の毛（け）は黒（くろ）くて、10歳（さい）若（わか）く見（み）えます。
她的頭髮烏黑，看起來比實際還小了 10 歲。

例 最近（さいきん）は洗濯機（せんたくき）で洗（あら）えるスーツがあったり、冬（ふゆ）のセーターでも洗（あら）えるものも多（おお）いです。
最近出了許多可機洗的西裝，冬天的毛衣也大多可以水洗。

例 このソファーはソフトで気持（きも）ちいいです。
那張沙發坐起來很柔軟舒適。

練習

I [a～e]の中（なか）から適当（てきとう）な言葉（ことば）を選（えら）んで、（　　）に入（い）れなさい。

a. 下着（したぎ）	b. アクセサリー	c. 糸（いと）	d. 財布（さいふ）	e. 指輪（ゆびわ）

❶ この（　　　　　　）を引（ひ）くとボールが落（お）ちます。

❷ ドラマみたいに、箱（はこ）から（　　　　　　）を出（だ）して「結婚（けっこん）してください。」と言（い）ってほしい。

❸ 仕事（しごと）で動（うご）いて汗（あせ）をかきました。昼休（ひるやす）みに（　　　　　　）を替（か）えました。

❹（　　　　　　）を開（あ）けたら、お金（かね）がいっぱい入（はい）っていました。

II [a～e]の中（なか）から適当（てきとう）な言葉（ことば）を選（えら）んで、（　　）に入（い）れなさい。

a. サンダル	b. 着物（きもの）	c. 毛（け）	d. イヤリング	e. 手袋（てぶくろ）

❶ この（　　　　　　）は乾（かわ）きやすいので、雨（あめ）の日（ひ）でも履（は）けます。

❷ この（　　　　　　）は母（かあ）さんが作（つく）ってくれました。とても暖（あたた）かいです。

❸ 洋服（ようふく）に合（あ）わせて（　　　　　　）をつけています。

❹ 日本（にほん）の伝統（でんとう）の「（　　　　　　）」は外国人（がいこくじん）にも大人気（だいにんき）だそうです。

19 住居（1） 住家（1）

Track 19

◆ 部屋（へや）、設備（せつび） 房間、設備

屋上（おくじょう）	名 屋頂（上）
壁（かべ）	名 牆壁；障礙
水道（すいどう）	名 自來水管
応接間（おうせつま）	名 客廳；會客室
畳（たたみ）	名 榻榻米
押し入れ（おしいれ）・押入れ（おしいれ）	名（日式的）壁櫥
引き出し（ひきだし）	名 抽屜
布団（ふとん）	名 被子，床墊
カーテン【curtain】	名 窗簾；布幕
掛ける（かける）	他下一 懸掛；坐；蓋上；放在…之上；提交；澆；開動；花費；寄託；鎖上；（數學）乘；使…負擔（如給人添麻煩）
飾る（かざる）	他五 擺飾，裝飾；粉飾，潤色
向かう（むかう）	自五 面向

活用句庫

例 白い壁に青い海のカレンダーを掛けました。	在白色的牆上掛了蔚藍大海圖案的日曆。
例 お金を入れた封筒を押入れの中に隠しました。	把裝了錢的信封藏在了壁櫥裡。
例 引き出しの中に入れたエコバッグを探したが見つかりませんでした。	找過了放在抽屜裡的環保袋，卻沒找到。
例 玄関に絵と花を飾りました。	在玄關裝飾了圖畫跟花朵。

練習

I [a ～ e]の中から適当な言葉を選んで、(　　)に入れなさい。

a. 応接間	b. 畳	c. 引き出し	d. 暖房	e. 壁

❶ 玄関を入ってすぐ右の大きな部屋が(　　　　　　)です。

❷ 私の部屋は和室で、(　　　　　　)の部屋なのです。

❸ 窓のない部屋の(　　　　　　)に、海の写真を掛けました。

❹ 机の物を片づけて、(　　　　　　)に収納します。

II [a ～ e]の中から適当な言葉を選んで、(　　)に入れなさい。

a. 押入れ	b. カーテン	c. 水道	d. 布団	e. 屋上

❶ (　　　　　　)の水がお湯のように温いのです。

❷ 洗濯物も(　　　　　　)も日に当てたほうがいいですよ。

❸ 子どもの頃はこのデパートの(　　　　　　)の遊園地に行くのが楽しみでした。

❹ 寝るとき外から光が入ってくるので、(　　　　　　)を買いました。

20 住居(2)　住家(2)

Track 20

◆ 住む　居住

ビル【building 之略】	㊔ 高樓，大廈
エスカレーター【escalator】	㊔ 自動手扶梯
お宅（たく）	㊔ 您府上，貴府；宅男（女），對於某事物過度熱衷者
住所（じゅうしょ）	㊔ 地址
近所（きんじょ）	㊔ 附近；鄰居
留守（るす）	㊔ 不在家；看家
生ごみ（なま）	㊔ 廚餘，有機垃圾
燃えるごみ（も）	㊔ 可燃垃圾
二階建て（にかいだ）	㊔ 二層建築
一般（いっぱん）	名・形動 一般，普通
下宿（げしゅく）	名・自サ 寄宿，借宿
生活（せいかつ）	名・自サ 生活
不便（ふべん）	形動 不方便
移る（うつ）	自五 移動；變心；傳染；時光流逝；轉移
引っ越す（ひ こ）	自五 搬家
建てる（た）	他下一 建造

活用句庫

例 毎朝何時に お宅 を出られますか。
您每天早上幾點出門呢？

例 電話が来たら、留守 だと言ってください。
如果有電話打來，請說我不在。

例 この駅は 一般 の人は入ることができません。
這座車站一般人不能進去。

例 学生の頃は、大学の近くに 下宿して いました。
學生時期，我寄宿在學校附近。

例 山の中では車がないと 不便だ と思います。
我想山裡如果沒有車會很不方便。

練習

I [a ～ e]の中から適当な言葉を選んで、(　　)に入れなさい。

a. 住所　b. 留守　c. エスカレーター　d. お宅　e. 一般

1. この日、(　　　　　　)にいらっしゃいますか。
2. 彼が来たら私は(　　　　　　)だと言ってください。
3. 6階まで(　　　　　　)で上がります。
4. ここに(　　　　　　)を書いてくださいませんか。

II [a ～ e]の中から適当な言葉を選んで、(　　)に入れなさい。

a. 下宿　b. 生活　c. 近所　d. 生ごみ　e. 二階建て

1. 10年前に3000万円で買った(　　　　　　)の家が4000万円の価値になりました。
2. もう少し英語がわかれば、外国の(　　　　　　)も楽しいでしょう。
3. 雨が降っていない朝は、いつも(　　　　　　)の公園でラジオ体操をしています。
4. 今日は(　　　　　　)の日です。朝、早く出しに行きます。

21 住居（3） 住家（3）

Track 21

◆ 家具、電気機器 家具、電器

鏡	名 鏡子
棚	名 架子，棚架
スーツケース【suitcase】	名 手提旅行箱
電灯	名 電燈
ガスコンロ【（荷）gas+ 焜炉】	名 瓦斯爐，煤氣爐
乾燥機	名 乾燥機，烘乾機
コインランドリー【coin-operated laundry 之略】	名 自助洗衣店
ステレオ【stereo】	名 音響
タイプ【type】	名 款式；類型；打字
暖房	名 暖氣
冷房	名・他サ 冷氣
携帯電話	名 手機，行動電話
ベル【bell】	名 鈴聲
鳴る	自五 響，叫

活用句庫

例 棚(たな)など背(せ)の高(たか)いものが地震(じしん)に倒(たお)れやすいです。
櫃子等高大的物品，在地震時容易倒塌。

例 このエアコンは新(あたら)しいタイプのものです。
這台冷氣是新型機種。

例 暖房(だんぼう)がかかっているのに、部屋(へや)が寒(さむ)いなあ。
明明開著暖氣，房間還是好冷啊。

例 チャイムが鳴(な)って授業(じゅぎょう)が始(はじ)まりました。
鐘聲響起，開始上課了。

練習

I [a～e]の中(なか)から適当(てきとう)な言葉(ことば)を選(えら)んで、(　　)に入(い)れなさい。

a. ガスコンロ	b. 鏡(かがみ)	c. ステレオ	d. ベル	e. スーツケース

❶ 車(くるま)のカー (　　　　　　) で音楽(おんがく)を聴(き)いています。

❷ 赤(あか)ちゃんが (　　　　　　) の中(なか)の自分(じぶん)を見(み)て笑(わら)っています。

❸ 旅行中(りょこうちゅう)に (　　　　　　) が重(おも)くて、運(はこ)ぶのが大変(たいへん)でした。

❹ 電車(でんしゃ)が出発(しゅっぱつ)する5分前(ふんまえ)を知(し)らせる (　　　　　　) が鳴(な)りました。

II [a～e]の中(なか)から適当(てきとう)な言葉(ことば)を選(えら)んで、(　　)に入(い)れなさい。

a. 携帯電話(けいたいでんわ)	b. 冷房(れいぼう)	c. 棚(たな)	d. 乾燥機(かんそうき)	e. 電灯(でんとう)

❶ 乾(かわ)きが悪(わる)い物(もの)は、(　　　　　　) で乾(かわ)かしています。

❷ (　　　　　　) が消(き)えて、部屋(へや)は真(ま)っ暗(くら)になりました。

❸ 電車(でんしゃ)の中(なか)の (　　　　　　) が、効(き)きすぎて寒(さむ)いです。

❹ (　　　　　　) で川(かわ)の様子(ようす)を写真(しゃしん)に撮(と)りました。

22 住居（4） 住家（4）

Track 22

◆ 道具　道具

道具（どうぐ）	名 工具；手段
機械（きかい）	名 機械
故障（こしょう）	名・自サ 故障
運ぶ（はこぶ）	自・他五 運送，搬運；進行
点ける（つける）	他下一 打開（家電類）；點燃
点く（つく）	自五 點上，（火）點著
回る（まわる）	自五 轉動；走動；旋轉；繞道；轉移
壊れる（こわれる）	自下一 壞掉，損壞；故障
割れる（われる）	自下一 破掉，破裂；分裂；暴露；整除
無くなる（なくなる）	自五 不見，遺失；用光了
取り替える（とりかえる）	他下一 交換；更換
直す（なおす）	他五 修理；改正；整理；更改
直る（なおる）	自五 改正；修理；回復；變更

活用句庫

例 これは紙(かみ)を切(き)る 道具(どうぐ) です。	這是用來裁紙的工具。
例 無人(むじん)の 機械(きかい) を使(つか)って、畑(はたけ)を耕(たがや)しました。	使用無人機耕田了。
例 車(くるま)が 故障(こしょう)して 、大事(だいじ)な会議(かいぎ)に遅(おく)れました。	因為車子故障，而在重要的會議上遲到了。
例 バイクが 壊(こわ)れて しまいました。代(か)わりを探(さが)さないといけません。	摩托車壞了，要找一台新的替代才行。

練習

I [a ~ e]の中(なか)から適当(てきとう)な言葉(ことば)を選(えら)んで、(　　)に入(い)れなさい。(必要(ひつよう)なら形(かたち)を変(か)えなさい)

a. 点(つ)ける	b. 割(わ)れる	c. 運(はこ)ぶ	d. 付(つ)ける	e. 壊(こわ)れる

❶ ガスコンロに火(ひ)を(　　　　　　　)、水(みず)を沸(わ)かします。

❷ 彼(かれ)に荷物(にもつ)を(　　　　　　　)のを手伝(てつだ)ってもらいました。

❸ 急(きゅう)に画面(がめん)が真(ま)っ暗(くら)になって、このスマホ、(　　　　　　　)しまったようですね。

❹ お茶碗(ちゃわん)が(　　　　　　　)ので、新(あたら)しいのに換(か)えました。

II [a ~ e]の中(なか)から適当(てきとう)な言葉(ことば)を選(えら)んで、(　　)に入(い)れなさい。(必要(ひつよう)なら形(かたち)を変(か)えなさい)

a. 直(なお)す	b. 無(な)くなる	c. 亡(な)くなる	d. 取(と)り換(か)える	e. 直(なお)る

❶ 故障(こしょう)は電球(でんきゅう)を換(か)えたら、(　　　　　　　)かもしれないです。

❷ みんなで食(た)べたので、ピザはすぐに(　　　　　　　)。

❸ 先生(せんせい)に漢字(かんじ)の間違(まちが)いを(　　　　　　　)いただきました。

❹ 友達(ともだち)とケーキを(　　　　　　　)食(た)べました。

23 施設（しせつ）、機関（きかん）、交通（こうつう）(1)

設施、機構、交通 (1)

Track 23

◆ いろいろな機関（きかん）、施設（しせつ）　各種機構、設施

床屋（とこや）	名	理髮店；理髮室
講堂（こうどう）	名	禮堂
会場（かいじょう）	名	會場
事務所（じむしょ）	名	辦公室
教会（きょうかい）	名	教會
神社（じんじゃ）	名	神社
寺（てら）	名	寺廟
動物園（どうぶつえん）	名	動物園
美術館（びじゅつかん）	名	美術館
駐車場（ちゅうしゃじょう）	名	停車場
空港（くうこう）	名	機場
飛行場（ひこうじょう）	名	機場
国際（こくさい）	名	國際
港（みなと）	名	港口，碼頭
工場（こうじょう）	名	工廠
スーパー【supermarket 之略】	名	超級市場

活用句庫

例 新人生を迎えるため、生徒たちが 講堂 に集まりました。	為歡迎新生入學，學生們都集中到了禮堂。
例 すみません。２次試験の 会場 はどこですか。	不好意思，第２場考試的考場在哪裡呢？
例 結婚式は 教会 で行われる予定です。	結婚典禮預計將於教堂舉辦。
例 神社 の前には、初詣客の列が続いていました。	神社前，來新年參拜的人龍綿延不絕。

練習

Ⅰ [a～e]の中から適当な言葉を選んで、(　　)に入れなさい。

a. 港	b. 床屋	c. 空港	d. 寺	e. 事務所

❶ 飛行機の到着に合わせて、成田(　　　　　　)へお迎えに行きます。

❷ うちの(　　　　　　)に弁護士がたくさんおります。

❸ 髪が長すぎるので、(　　　　　　)で切ってもらいました。

❹ 船は食料品を積んで(　　　　　　)に入って来ました。

Ⅱ [a～e]の中から適当な言葉を選んで、(　　)に入れなさい。

a. スーパー	b. 工場	c. 駐車場	d. 動物園	e. 教会

❶ 今働いてる(　　　　　　)は、小さいですが技術は確かです。

❷ 駅前の(　　　　　　)で肉を買いました。

❸ 結婚式は森の中の小さな(　　　　　　)で挙げるのが夢でした。

❹ (　　　　　　)が狭くて、車を入れるのが難しかったです。

24 施設（しせつ）、機関（きかん）、交通（こうつう）(2)

設施、機構、交通 (2)

Track 24

◆ いろいろな乗（の）り物（もの）、交通（こうつう） 各種交通工具、交通

乗（の）り物（もの）	名	交通工具
オートバイ【auto bicycle 之略】	名	摩托車
汽車（きしゃ）	名	火車
普通（ふつう）	名・形動	普通車；普通，平凡
急行（きゅうこう）	名・自サ	急行；快車
特急（とっきゅう）	名	特急列車；火速
番線（ばんせん）	名	軌道線編號，月台編號
船（ふね）・舟（ふね）	名	船；舟，小型船
ガソリンスタンド【(和製英語) gasoline+stand】	名	加油站
交通（こうつう）	名	交通
通（とお）り	名	道路，街道
事故（じこ）	名	意外，事故
工事中（こうじちゅう）	名	施工中；(網頁)建製中
忘（わす）れ物（もの）	名	遺忘物品，遺失物
帰（かえ）り	名	回來；回家途中

活用句庫

例 タクシーは高(たか)いです。他(ほか)の乗(の)り物(もの)はありませんか。
搭計程車太貴了。沒有其他交通工具了嗎？

例 四国(しこく)へ行(い)く汽車(きしゃ)に乗(の)った体験(たいけん)を書(か)いています。
這裡寫著前往四國的列車乘坐體驗。

例 船(ふね)がスピードを落(お)とし、沖(おき)からゆっくりと港(みなと)に入(はい)ってきました。
船隻減速，慢慢從海面駛進了港口。

練習

I [a～e]の中(なか)から適当(てきとう)な言葉(ことば)を選(えら)んで、(　　)に入(い)れなさい。

a. 工事中(こうじちゅう)	b. オートバイ	c. ガソリンスタンド
d. 事故(じこ)	e. 帰(かえ)り	

❶ (　　　　　　)が遅(おそ)くなった日(ひ)は、いつもコンビニのお弁当(べんとう)を食(た)べています。

❷ テレビのニュースで交通(こうつう)(　　　　　　)のことを知(し)りました。

❸ (　　　　　　)に乗(の)って富士山(ふじさん)に日帰(ひがえ)りで行(い)って来(き)ました。

❹ 駅(えき)を広(ひろ)くするため、今(いま)は(　　　　　　)でとても不便(ふべん)です。

II [a～e]の中(なか)から適当(てきとう)な言葉(ことば)を選(えら)んで、(　　)に入(い)れなさい。

a. 忘(わす)れ物(もの)	b. 普通(ふつう)	c. 番線(ばんせん)	d. 船(ふね)	e. 特急(とっきゅう)

❶ 日本(にほん)の港(みなと)を出(で)た(　　　　　　)が太平洋(たいへいよう)を北(きた)に向(む)かいました。

❷ (　　　　　　)は速(はや)いが、行(い)きたい駅(えき)には止(と)まらないので、急行(きゅうこう)に乗(の)りましょう。

❸ 5 (　　　　　　)の大阪行(おおさかゆ)きの電車(でんしゃ)に乗(の)ってください。

❹ お(　　　　　　)のないようにご注意(ちゅうい)ください。

25 施設、機関、交通（3）

しせつ　きかん　こうつう

Track 25

設施、機構、交通（3）

◆ 交通関係（こうつうかんけい） 交通相關

一方通行（いっぽうつうこう）	㊔ 單行道；單向傳達
内側（うちがわ）	㊔ 內部，內側，裡面
外側（そとがわ）	㊔ 外部，外面，外側
近道（ちかみち）	㊔ 捷徑，近路
横断歩道（おうだんほどう）	㊔ 斑馬線
席（せき）	㊔ 座位；職位
運転席（うんてんせき）	㊔ 駕駛座
指定席（していせき）	㊔ 劃位座，對號入座
自由席（じゆうせき）	㊔ 自由座
通行止め（つうこうど）	㊔ 禁止通行，無路可走
急ブレーキ【きゅう brake】（きゅう）	㊔ 緊急煞車
終電（しゅうでん）	㊔ 最後一班電車，末班車
信号無視（しんごうむし）	㊔ 違反交通號誌，闖紅（黃）燈
駐車違反（ちゅうしゃいはん）	㊔ 違規停車

活用句庫

例 危険ですから、黄色い線の内側におさがりください。	很危險，請退到黃線後方。
例 この横断歩道を渡ると、もうJR上野駅です。	走過這條斑馬線，對面就是JR上野車站了。
例 いつも新幹線の指定席を取っています。	我總是會買新幹線的對號座。
例 駐車違反したら、1万8千円ぐらいとられますよ。	違規停車的話，會被罰款約1萬8千圓喔。

練習

I [a～e]の中から適当な言葉を選んで、(　　)に入れなさい。

a. 駐車違反　b. 近道　c. 一方通行　d. 終電　e. 運転席

❶ ここは(　　　　　　)で下りしか通れません。

❷ 郵便局なら、あそこを通れば(　　　　　　)ですよ。

❸ ここでは、新幹線の車内や(　　　　　　)を見学できます。

❹ (　　　　　　)に乗り遅れてしまいました。タクシーで帰るしかありません。

II [a～e]の中から適当な言葉を選んで、(　　)に入れなさい。

a. 通行止め　b. 信号無視　c. 自由席　d. 急ブレーキ　e. 内側

❶ この先の道は(　　　　　　)になっています。

❷ 自転車の(　　　　　　)をしてしまい、警察に捕まりました。

❸ 電車が参ります、黄色線の(　　　　　　)でお待ちください。

❹ (　　　　　　)は指定席よりずっと安いです。

27 趣味(しゅみ)、芸術(げいじゅつ)、年中行事(ねんちゅうぎょうじ)(1)

Track 27

興趣、藝術、節日(1)

◆ レジャー、旅行(りょこう) 休閒、旅遊

遊び(あそび)	名 遊玩，玩耍；不做事；間隙；閒遊；餘裕
玩具(おもちゃ)	名 玩具
小鳥(ことり)	名 小鳥
景色(けしき)	名 景色，風景
旅館(りょかん)	名 旅館
お土産(おみやげ)	名 當地名產；禮物
予約(よやく)	名・他サ 預約
出発(しゅっぱつ)	名・自サ 出發；起步，開始
案内(あんない)	名・他サ 引導；陪同遊覽，帶路；傳達
見物(けんぶつ)	名・他サ 觀光，參觀
珍しい(めずらしい)	形 少見，稀奇
釣る(つる)	他五 釣魚；引誘
楽しむ(たのしむ)	他五 享受，欣賞，快樂；以…為消遣；期待，盼望
見える(みえる)	自下一 看見；看得見；看起來
泊まる(とまる)	自五 住宿，過夜；(船)停泊

活用句庫

例 おばあちゃんが昔(むかし)の 遊(あそ)び を教(おし)えてくれました。	奶奶告訴了我以前他們玩的遊戲。
例「なぜケンカをしたのか。」「二人(ふたり)とも同(おな)じ おもちゃ がほしかったから。」	「為什麼吵架了？」「因為兩人都想要同一個玩具。」
例 みんなも満開(まんかい)の桜(さくら)を 見物(けんぶつ)し に行(い)ってください。	請大家也去欣賞盛開的櫻花吧。
例 この島(しま)には様々(さまざま)な 珍(めずら)しい 植物(しょくぶつ)があります。	這座島上有各式各樣珍奇的植物。

練習

Ⅰ [a～e]の中(なか)から適当(てきとう)な言葉(ことば)を選(えら)んで、(　　)に入(い)れなさい。

a. 玩具(おもちゃ)	b. お土産(みやげ)	c. 旅館(りょかん)	d. 景色(けしき)	e. 小鳥(ことり)

❶ 大切(たいせつ)に育(そだ)てた(　　　　　　　)は、ある日(ひ)、空(そら)へ飛(と)んで行(い)きました。

❷ 橋(はし)の上(うえ)から東京湾(とうきょうわん)の船(ふね)や建物(たてもの)などの(　　　　　　　)がよく見(み)えます。

❸ 友達(ともだち)から新婚旅行(しんこんりょこう)の(　　　　　　　)が届(とど)きました。

❹ 海(うみ)が見(み)える温泉(おんせん)(　　　　　　　)を予約(よやく)しました。楽(たの)しみですね。

Ⅱ [a～e]の中(なか)から適当(てきとう)な言葉(ことば)を選(えら)んで、(　　)に入(い)れなさい。(必要(ひつよう)なら形(かたち)を変(か)えなさい)

a. 釣(つ)る	b. 見(み)える	c. 泊(と)まる	d. 楽(たの)しむ	e. 案内(あんない)する

❶ 東京(とうきょう)では友達(ともだち)の家(いえ)に(　　　　　　　)ろうと思(おも)っています。

❷ 社長(しゃちょう)の部屋(へや)に(　　　　　　　)もらいました。

❸ この週末(しゅうまつ)、川(かわ)で魚(さかな)を(　　　　　　　)つもりです。

❹ 大勢(おおぜい)の人(ひと)がコンサートを(　　　　　　　)います。

29 教育 (1) 教育 (1)

Track 29

◆ 学校、科目 學校、科目

小学校（しょうがっこう）	名	小學
中学校（ちゅうがっこう）	名	中學
高校（こうこう）・高等学校（こうとうがっこう）	名	高中
学部（がくぶ）	名	…科系；…院系
専門（せんもん）	名	專門，專業
言語学（げんごがく）	名	語言學
経済学（けいざいがく）	名	經濟學
医学（いがく）	名	醫學
科学（かがく）	名	科學
数学（すうがく）	名	數學
歴史（れきし）	名	歷史
研究（けんきゅう）	名・他サ	研究
研究室（けんきゅうしつ）	名	研究室
教育（きょういく）	名・他サ	教育

活用句庫

例 私(わたし)は毎日(まいにち)普通(ふつう)の高校(こうこう)生活(せいかつ)を送(おく)っています。
我每天過著平凡的高中生活。

例 東京(とうきょう)で言語学(げんごがく)についての本(ほん)をたくさん置(お)いた古本屋(ふるほんや)を探(さが)しています。
我正在東京尋找陳列著許多語言學相關書籍的舊書店。

例 もっと経済学(けいざいがく)の知識(ちしき)を深(ふか)めたいと思(おも)います。
我想更加深入研讀經濟學。

例 AI(エーアイ)を研究(けんきゅう)して論文(ろんぶん)を書(か)いています。
正在研究 AI，並撰寫相關的論文。

練習

I [a～e]の中(なか)から適当(てきとう)な言葉(ことば)を選(えら)んで、(　　)に入(い)れなさい。

a. 科学(かがく)	b. 学部(がくぶ)	c. 教育(きょういく)	d. 研究室(けんきゅうしつ)	e. 中学校(ちゅうがっこう)

❶ 教員(きょういん)になるための(　　　　　)を受(う)けました。

❷ 息子(むすこ)が医(い)(　　　　　)に合格(ごうかく)したのは良(よ)いが、学費(がくひ)はどうしよう。

❸ 健太君(けんたくん)は来年小学校(らいねんしょうがっこう)を卒業(そつぎょう)して、(　　　　　)に通(かよ)います。

❹ 地球(ちきゅう)(　　　　　)の授業(じゅぎょう)の講師(こうし)が面白(おもしろ)いです。

II [a～e]の中(なか)から適当(てきとう)な言葉(ことば)を選(えら)んで、(　　)に入(い)れなさい。

a. 小学校(しょうがっこう)	b. 医学(いがく)	c. 数学(すうがく)	d. 専門(せんもん)	e. 歴史(れきし)

❶ 私(わたし)は大学(だいがく)1年生(ねんせい)で、中国語(ちゅうごくご)を(　　　　　)に勉強(べんきょう)しています。

❷ 最近(さいきん)、日本語(にほんご)や日本(にほん)の伝統(でんとう)、文化(ぶんか)、(　　　　　)に興味(きょうみ)をもっています。

❸ 弟(おとうと)はこの春(はる)(　　　　　)に入学(にゅうがく)します。

❹ (　　　　　)の問題(もんだい)を解(と)いて、正(ただ)しい答(こた)えを求(もと)めるのが好(す)きです。

30 教育（2）（きょういく） 教育（2）

Track 30

◆ 学生生活（1）（がくせいせいかつ） 學生生活（1）

消しゴム【けし＋（荷）gom】（け）	名	橡皮擦
辞典（じてん）	名	字典
入学（にゅうがく）	名・自サ	入學
前期（ぜんき）	名	初期，前期，上半期
後期（こうき）	名	後期，下半期，後半期
試験（しけん）	名・他サ	試驗；考試
レポート【report】	名・他サ	報告
講義（こうぎ）	名・他サ	講義，上課，大學課程
昼休み（ひるやす）	名	午休
予習（よしゅう）	名・他サ	預習
復習（ふくしゅう）	名・他サ	複習
卒業（そつぎょう）	名・自サ	畢業
卒業式（そつぎょうしき）	名	畢業典禮

活用句庫

例 消しゴム を貸してください。	請借我橡皮擦。
例 ちょっと 辞典 を貸してもらえませんか。	可以向你借一下字典嗎？
例 これから文法の 試験 を行います。	接下來，即將開始文法測驗。
例 明日の授業の 予習 をします。	預習明天上課的內容。
例 卒業した ら、父の会社で働こうと思っています。	畢業後我想在父親的公司工作。

練習

I [a～e]の中から適当な言葉を選んで、（　　）に入れなさい。

a. 辞典	b. 復習	c. 入学	d. 前期	e. 消しゴム

❶ スマホがあれば、発音も聞けて、（　　　　　　）も引けます。

❷ （　　　　　　）のオンライン授業が終わり、今は夏休みです。

❸ 私は１点だけ足りなくて、（　　　　　　）試験に落ちました。

❹ たくさん練習と（　　　　　　）をした人が試験に合格します。

II [a～e]の中から適当な言葉を選んで、（　　）に入れなさい。

a. 講義	b. レポート	c. 昼休み	d. 後期	e. 卒業式

❶ 小学校の（　　　　　　）には、夫婦で参加しました。

❷ パソコンが壊れたので、（　　　　　　）が書けなくなりました。

❸ 今日から大学の（　　　　　　）の授業が始まります。めっちゃ楽しみです。

❹ 今日 13 回にわたる大学の（　　　　　　）が終わりました。

31 教育(3)（きょういく）教育(3)

Track 31

◆ 学生生活(2)（がくせいせいかつ） 學生生活(2)

英会話（えいかいわ）	名 英語會話
初心者（しょしんしゃ）	名 初學者
入門講座（にゅうもんこうざ）	名 入門課程，初級課程
答え（こたえ）	名 回答；答覆；答案
線（せん）	名 線；線路；界限
点（てん）	名 點；方面；(得)分
利用（りよう）	名・他サ 利用
眠たい（ねむたい）	形 昏昏欲睡，睏倦
簡単（かんたん）	形動 簡單；輕易；簡便
落ちる（おちる）	自上一 落下；掉落；降低，下降；落選
苛める（いじめる）	他下一 欺負，虐待；捉弄；折磨
間違える（まちがえる）	他下一 錯；弄錯
写す（うつす）	他五 抄；照相；描寫，描繪

活用句庫

例 この問題の答えは知っていますか。	你知道這個問題的答案嗎？
例 私は本を読むとき、大事なところに線を引きます。	我看書的時候，會在重要的地方畫線。
例 王さんは日本語のテストで85点をとりました。	日文考試王同學考了85分。
例 大勢の人が公園を利用します。	公園有非常多人會來使用。
例 夜ビールを２本飲んだら、すぐに眠たくなりました。	晚上喝了兩瓶啤酒，馬上就開始想睡覺了。

練 習

Ⅰ [a～e]の中から適当な言葉を選んで、(　　)に入れなさい。

a. 入門講座	b. 線	c. 英会話	d. 初心者	e. 答え

❶ それはＡＩをわかりやすく説明する(　　　　　　)です。

❷ 僕はテニスの(　　　　　　)です。

❸ この問題の(　　　　　　)をノートに写してもいいですか。

❹ 留学に行く前に、私は週に３回(　　　　　　)を習っています。

Ⅱ [a～e]の中から適当な言葉を選んで、(　　)に入れなさい。(必要なら形を変えなさい)

a. 利用する	b. 間違える	c. いじめる	d. 落ちる	e. 写す

❶ 動物を(　　　　　　)はいけません。優しくしましょう。

❷ この辺りは、石が(　　　　　　)くるので注意しましょう。

❸ 声が似ているので、電話でよく父と(　　　　　　)られます。

❹ 通勤時間やお昼休みなどに、大勢の人がスマホを(　　　　　　)います。

32 職業、仕事（1）

しょくぎょう　しごと

職業、工作（1）

Track 32

◆ 職業、事業　職業、事業

受付（うけつけ）	名 詢問處；受理；接待員
運転手（うんてんしゅ）	名 司機
看護師（かんごし）	名 護理師，護士
警官（けいかん）	名 警察；巡警
警察（けいさつ）	名 警察；警察局
校長（こうちょう）	名 校長
公務員（こうむいん）	名 公務員
歯医者（はいしゃ）	名 牙醫
アルバイト【（徳）arbeit 之略】	名 打工，副業
新聞社（しんぶんしゃ）	名 報社
工業（こうぎょう）	名 工業
時給（じきゅう）	名 時薪
見付ける（みつける）	他下一 找到，發現；目睹
探す（さがす）・捜す（さがす）	他五 尋找，找尋

活用句庫

例 警察(けいさつ)に連絡(れんらく)なさったほうがよいと思(おも)います。　我認為應該報警比較好。

例 校長(こうちょう)先生(せんせい)に会(あ)ったら、元気(げんき)よく挨拶(あいさつ)をしましょう。　遇到校長，請有精神的打招呼吧。

例 首都圏(しゅとけん)の公務員(こうむいん)になりたいです。　我想在首都圏當公務員。

例 大学(だいがく)に入(はい)ってもアルバイトは続(つづ)けていきます。　上了大學也繼續打工。

練　習

Ⅰ [a ～ e]の中(なか)から適当(てきとう)な言葉(ことば)を選(えら)んで、(　　)に入(い)れなさい。

a. アルバイト	b. 運転手(うんてんしゅ)	c. 看護師(かんごし)	d. 校長(こうちょう)	e. 警察(けいさつ)

❶ 私(わたし)は(　　　　　　)として、近所(きんじょ)の病院(びょういん)で働(はたら)いています。

❷ 今(いま)の仕事(しごと)をやめて、トラックの(　　　　　　)になりたいです。

❸ バッグの落(お)とし物(もの)を(　　　　　　)に届(とど)けました。

❹ 家庭教師(かていきょうし)の(　　　　　　)の時給(じきゅう)は1200円(えん)から3300円(えん)ぐらいです。

Ⅱ [a ～ e]の中(なか)から適当(てきとう)な言葉(ことば)を選(えら)んで、(　　)に入(い)れなさい。

a. 受付(うけつけ)	b. 警官(けいかん)	c. 工業(こうぎょう)	d. 歯医者(はいしゃ)	e. 新聞社(しんぶんしゃ)

❶ 卒業後(そつぎょうご)は(　　　　　　)に勤(つと)めて、良(よ)い記事(きじ)を書(か)きたいと思(おも)っています。

❷ 虫歯(むしば)になったので(　　　　　　)へ行(い)きました。

❸ 泥棒(どろぼう)が(　　　　　　)に連(つ)れて行(い)かれました。

❹ ここは交通(こうつう)の便(べん)が良(よ)いのを利用(りよう)して、(　　　　　　)が発達(はったつ)しています。

33 職業、仕事 (2)　職業、工作 (2)

Track 33

◆ 仕事（しごと）　職場工作

途中（とちゅう）	名 半路上，中途；半途
用（よう）	名 事情；用途
用事（ようじ）	名 事情；工作
両方（りょうほう）	名 兩方，兩種
都合（つごう）	名 情況，方便與否
会議（かいぎ）	名 會議
技術（ぎじゅつ）	名 技術
売り場（うりば）	名 賣場，出售處；出售好時機
オフ【off】	名（開關）關；休假；休賽；折扣
計画（けいかく）	名・他サ 計劃
予定（よてい）	名・他サ 預定
片付ける（かたづける）	他下一 收拾，打掃；解決
訪ねる（たずねる）	他下一 拜訪，訪問
手伝う（てつだう）	自他五 幫忙

活用句庫

例 用が済んだら、連絡しますね。 ｜ 事情辦完後，我再跟你聯絡。

例 急な用事でコンサートに行けなくなってしまいました。 ｜ 突然有要事，沒辦法去聽演唱會了。

例 月曜日の朝はいつも会議があります。 ｜ 每個星期一早上總是要開會。

例 最近の包装技術の進歩には目覚ましいものがあります。 ｜ 最近包裝技術的進步令人驚艷。

練 習

I [a ～ e]の中から適当な言葉を選んで、(　　)に入れなさい。

a. 用事	b. 途中	c. 両方	d. 売り場	e. オフ

❶ 私にとって仕事と家族(　　　　　　)とも大切です。

❷ 本日は急な(　　　　　　)で外出しています。

❸ 家に帰る(　　　　　　)で本屋に寄りました。

❹ 洋服は３階の(　　　　　　)で売っています。

II [a ～ e]の中から適当な言葉を選んで、(　　)に入れなさい。

a. 会議	b. 用	c. 予定	d. 都合	e. 技術

❶ (　　　　　　)は朝に行うのが一番いいです。

❷「日曜日のご(　　　　　　)は良いですか。」「そうですね。土曜日のほうがいいですが。」

❸ 今日の日本があるのは科学(　　　　　　)の進歩のおかげです。

❹ 明日から３日間、日本へ出張する(　　　　　　)です。

34 職業、仕事（3）（しょくぎょう、しごと） 職業、工作（3）

Track 34

◆ 職場での生活（1）（しょくば での せいかつ） 職場生活（1）

機会（きかい）	名 機會
夢（ゆめ）	名 夢
パート【part】	名 打工；部分，篇，章；職責，（扮演的）角色；分得的一份
手伝い（てつだい）	名 幫助；幫手；幫傭
会議室（かいぎしつ）	名 會議室
部長（ぶちょう）	名 部長
課長（かちょう）	名 課長，科長
別（べつ）	名・形動 別外，別的；區別
寝坊（ねぼう）	名・形動・自サ 睡懶覺，貪睡晚起的人
チェック【check】	名・他サ 檢查
一度（いちど）	名・副 一次，一回；一旦
厳しい（きびしい）	形 嚴格；嚴重；嚴酷
遅れる（おくれる）	自下一 遲到；緩慢

活用句庫

例 夕べ怖い夢を見ました。目が覚めたときは、本当にホッとしました。
昨天我作惡夢了。醒來時真是鬆了一口氣。

例 会議を開きますから、1階の会議室に集まってください。
會議即將開始，請到會一樓的議室集合。

例 私は一度富士山に登ったことがあります。
我曾爬過富士山一次。

練習

I [a～e]の中から適当な言葉を選んで、(　　)に入れなさい。

a. 課長	b. パート	c. 機会	d. お手伝い	e. 夢

❶ 引っ越しの(　　　　　　)ができなくて、ごめんなさい。

❷ 子どもも手がかからなくなるから、妻は(　　　　　　)に出ました。

❸ (　　　　　　)があったらもう一度、日本へ行きたいと思います。

❹ (　　　　　　)のいじめで会社を辞めようと決めました。

II [a～e]の中から適当な言葉を選んで、(　　)に入れなさい。(必要なら形を変えなさい)

a. 訪ねる	b. 片づける	c. チェックする
d. 遅れる	e. 寝坊する	

❶「早くおもちゃを箱に(　　　　　　)なさい。」「わかったよ。今やろうと思ってたのに。」

❷ (　　　　　　)しまった。上司に怒られると思ったら、嘘をつかなかったことを褒められました。

❸ 自分の仕事を自分で細かく(　　　　　　)のは、非常に大切です。

❹ おばあちゃんは孫たちが(　　　　　　)来て、嬉しそうです。

35 職業、仕事（4） 職業、工作（4）

Track 35

◆ 職場での生活（2） 職場生活（2）

慣れる	自下一 習慣；熟悉
出来る	自上一 完成；能夠；做出；發生；出色
頑張る	自五 努力，加油；堅持
謝る	自五 道歉，謝罪；認錯；謝絕
続く	自五 繼續；接連；跟著
進む	自五 進展，前進；上升（級別等）；進步；（鐘）快；引起食慾；（程度）提高
済む	自五（事情）完結，結束；過得去，沒問題；（問題）解決，（事情）了結
叱る	他五 責備，責罵
下げる	他下一 降低，向下；掛；躲開；整理，收拾
辞める	他下一 停止；取消；離職
続ける	他下一 持續，繼續；接著
迎える	他下一 迎接；邀請；娶，招；迎合

活用句庫

例 この公園ではアフリカにしかいない珍しい動物を見ることができます。	在這座公園可以看見非洲特有的珍奇動物。
例 いつも頑張っている君はほんとにかっこいいです！	總是認真努力的你真的很帥喔。
例 彼女は「ごめんなさい。」と言って僕に謝りました。	她向我道歉說：「對不起」。
例 朝ごはんはもう済みましたか。何を食べましたか。	吃過早餐了嗎？吃了什麼呢？

練　習

I [a～e]の中から適当な言葉を選んで、(　　)に入れなさい。(必要なら形を変えなさい)

a. 済む	b. 続く	c. 迎える	d. 叱る	e. 続ける

❶ 急な雨で、妻が駅まで(　　　　　　　)に来てくれました。

❷ 用事は(　　　　　　　)ので、ゆっくり帰ります。

❸ 天気予報によると、この暑さは来月末まで(　　　　　　　)そうです。

❹ 毎日この運動を(　　　　　　　)と健康になります。

II [a～e]の中から適当な言葉を選んで、(　　)に入れなさい。(必要なら形を変えなさい)

a. 謝る	b. 慣れる	c. 下げる	d. できる	e. 進む

❶ 日本に３年いますから、もう日本料理には(　　　　　　　)います。

❷ 真面目に働かないから、給料が(　　　　　　　)られました。

❸ ここはあまり考えすぎずに、先に(　　　　　　　)ましょう。

❹ 一生懸命練習したから、試合には絶対に勝つことが(　　　　　　　)。

36 職業（しょくぎょう）、仕事（しごと）(5) 職業、工作(5)

Track 36

◆ パソコン関係（かんけい）(1) 電腦相關 (1)

コンピューター【computer】	㊔ 電腦
ノートパソコン【notebook personal computer 之略】	㊔ 筆記型電腦
デスクトップパソコン【desktop personal computer 之略】	㊔ 桌上型電腦
パソコン【personal computer 之略】	㊔ 個人電腦
ワープロ【word processor 之略】	㊔ 文字處理機
キーボード【keyboard】	㊔ 鍵盤；電腦鍵盤；電子琴
マウス【mouse】	㊔ 滑鼠；老鼠
スタートボタン【start button】	㊔（微軟作業系統的）開機鈕
（インター）ネット【internet】	㊔ 網際網路
ホームページ【homepage】	㊔ 網站首頁；網頁（總稱）
ブログ【blog】	㊔ 部落格
スクリーン【screen】	㊔ 螢幕
メール【mail】	㊔ 電子郵件；信息；郵件
メールアドレス【mail address】	㊔ 電子信箱地址，電子郵件地址

アドレス【address】	㊔ 住址，地址；（電子信箱）地址；（高爾夫）擊球前姿勢
宛先（あてさき）	㊔ 收件人姓名地址，送件地址
件名（けんめい）	㊔（電腦）郵件主旨；項目名稱；類別
差出人（さしだしにん）	㊔ 發信人，寄件人
ファイル【file】	㊔ 文件夾；合訂本，卷宗；（電腦）檔案

練習

I [a ～ e]の中（なか）から適当（てきとう）な言葉（ことば）を選（えら）んで、（　　）に入（い）れなさい。

a. 宛先（あてさき）	b. 件名（けんめい）	c. ホームページ	d. マウス	e. ファイル

❶ メールにはわかりやすい（　　　　　　）を付（つ）けましょう。

❷ （　　　　　　）を間違（まちが）って書（か）いた手紙（てがみ）が戻（もど）って来（き）ました。

❸ 電池（でんち）が切（き）れたのかな。無線（むせん）（　　　　　　）が動（うご）きません。

❹ メールに写真（しゃしん）などの（　　　　　　）を添付（てんぷ）して送（おく）りました。

II [a ～ e]の中（なか）から適当（てきとう）な言葉（ことば）を選（えら）んで、（　　）に入（い）れなさい。

a. 差出人（さしだしにん）	b. アドレス	c. メール	d. ネット	e. ワープロ

❶ その手紙（てがみ）には（　　　　　　）の住所（じゅうしょ）がありませんでした。

❷ （　　　　　　）をもらったので、すぐに返事（へんじ）を返（かえ）しました。

❸ 私（わたし）もその答（こた）えがわからない。一緒（いっしょ）に（　　　　　　）で調（しら）べましょう。

❹ 会員全員（かいいんぜんいん）の宛先（あてさき）を（　　　　　　）帳（ちょう）に登録（とうろく）します。

37 職業（しょくぎょう）、仕事（しごと）(6)　職業、工作 (6)

Track 37

◆ パソコン関係（かんけい）(2)　電腦相關 (2)

新規作成（しんきさくせい）	名・他サ	新作，從頭做起；(電腦檔案)開新檔案
受信（じゅしん）	名・他サ	(郵件、電報等)接收；收聽
返信（へんしん）	名・自サ	回信，回電
送信（そうしん）	名・自サ	發送(電子郵件)；(電)發報，播送，發射
転送（てんそう）	名・他サ	轉送，轉寄，轉遞
キャンセル【cancel】	名・他サ	取消，作廢；廢除
保存（ほぞん）	名・他サ	保存；儲存(電腦檔案)
挿入（そうにゅう）	名・他サ	插入，裝入
添付（てんぷ）	名・他サ	添上，附上；(電子郵件)附加檔案
インストール【install】	他サ	安裝(電腦軟體)
登録（とうろく）	名・他サ	登記；(法)登記，註冊；記錄
入力（にゅうりょく）	名・他サ	輸入；輸入數據
クリック【click】	名・他サ	喀嚓聲；按下(按鍵)

活用句庫

例 お客様からのメールを 受信 いたしました。	我們已收到您的來信。
例 メールを 送信しました が、間違って戻って来てしまいました。	寄了郵件過去，結果弄錯又寄了回來。
例 子どもが熱出したので、予定を キャンセルしました 。	因為孩子發燒，所以取消了計劃。
例 文字を 入力する 方法がよくわからないです。	不清楚打字的方法。

練 習

I [a ～ e]の中から適当な言葉を選んで、(　　)に入れなさい。

a. キャンセル	b. スクリーン	c. コンピューター
d. スタートボタン	e. 新規作成	

❶ (　　　　　　)の画面で、文章を入力します。

❷ この映画館は大きな(　　　　　　)を使っています。

❸ 僕はこの(　　　　　　)ゲームにはもう飽きましたよ。

❹ (　　　　　　)を押すだけで、洗濯が始まります。

II [a ～ e]の中から適当な言葉を選んで、(　　)に入れなさい。(必要なら形を変えなさい)

a. 挿入する	b. 保存する	c. 受信する
d. 送信する	e. インストールする	

❶ このページに写真を(　　　　　　)みました。

❷ ノートをファイルに(　　　　　　)ましょう。

❸ これは(　　　　　　)ても遊べるゲームです。

❹ メールを(　　　　　　)ら、すぐに返信が来ました。

38 経済、政治、法律 (1)

経濟、政治、法律 (1)

Track 38

◆ 経済、取引 經濟、交易

経済（けいざい）	名 經濟
貿易（ぼうえき）	名 國際貿易；交易
品物（しなもの）	名 物品，東西；貨品
特売品（とくばいひん）	名 特賣商品，特價商品
バーゲン【bargain sale 之略】	名 特價，出清；特賣
値段（ねだん）	名 價錢
輸出（ゆしゅつ）	名・他サ 出口
中止（ちゅうし）	名・他サ 中止
盛ん（さかん）	形動 繁盛，興盛
上がる（あがる）	自五 登上；升高，上升；發出（聲音）；（從水中）出來；（事情）完成
呉れる（くれる）	他下一 給我
貰う（もらう）	他五 收到，拿到
遣る（やる）	他五 派；給，給予；做
以下（いか）	名 以下，不到…；在…以下；以後
以内（いない）	名 不超過…；以內
以上（いじょう）	名 以上，不止，超過，以外；上述
形（かたち）	名 形狀；形，樣子；形式上的；形式
多い（おおい）	形 多的

少ない（すく）	形 少的，不多
足す（た）	他五 補足，增加
足りる（た）	自上一 足夠；可湊合
増える（ふ）	自下一 增加
大きな（おお）	連體 大，大的
小さな（ちい）	連體 小，小的；年齡幼小

練習

I [a～e]の中から適当な言葉を選んで、（　　）に入れなさい。

a. 品物	b. 経済	c. 中止	d. バーゲン	e. 値段

❶ この時計はあの時計より（　　　　　　）が２倍高いが、３倍かっこいいです。

❷ まだ６月なのに、もうデパートでは夏の（　　　　　　）が始まっています。

❸ この店ではどんな（　　　　　　）を売っているのですか。

❹ 急に雨が降ってきて、試合は（　　　　　　）になりました。

II [a～e]の中から適当な言葉を選んで、（　　）に入れなさい。（必要なら形を変えなさい）

a. 増える	b. もらう	c. やる	d. 足す	e. 上がる

❶ 味噌汁に牛乳を（　　　　　　）みてください。体が温まりますよ。

❷ お誘いのメールを（　　　　　　）ので、喜んで遊びに行きました。

❸ 育てている野菜に水を（　　　　　　）のを忘れてしまって、全部枯れてしまいました。

❹ 日本で暮らす外国人が（　　　　　　）います。

39 経済（けいざい）、政治（せいじ）、法律（ほうりつ）(2)

經濟、政治、法律 (2)

Track 39

◆ 金融（きんゆう） 金融

通帳記入（つうちょうきにゅう）	名 補登錄存摺
暗証番号（あんしょうばんごう）	名 密碼
キャッシュカード【cash card】	名 金融卡，提款卡
クレジットカード【credit card】	名 信用卡
公共料金（こうきょうりょうきん）	名 公共費用
請求書（せいきゅうしょ）	名 帳單，繳費單
億（おく）	名 億；數量眾多
産業（さんぎょう）	名 產業
割合（わりあい）	名 比，比例
お釣（つ）り	名 找零
仕送（しおく）り	名・自他サ 匯寄生活費或學費
生産（せいさん）	名・他サ 生產
払（はら）う	他五 付錢；除去；處裡；驅趕；揮去

◆ 政治（せいじ）、法律（ほうりつ） 政治、法律

政治（せいじ）	名 政治
規則（きそく）	名 規則，規定
法律（ほうりつ）	名 法律

出席（しゅっせき）	名・自サ	出席
戦争（せんそう）	名・自サ	戰爭；打仗
約束（やくそく）	名・他サ	約定，規定
選ぶ（えらぶ）	他五	選擇
決める（きめる）	他下一	決定；規定；認定
立てる（たてる）	他下一	立起，訂立；揚起；維持
もう一つ（もうひとつ）	連語	再一個；還差一點

練習

Ⅰ [a ～ e]の中から適当な言葉を選んで、(　　)に入れなさい。

a. クレジットカード	b. 割合	c. 仕送り
d. 暗証番号	e. おつり	

❶ 子どものスマホを持っている(　　　　　　)が増えています。

❷ (　　　　　　)は銀行から送られて来た手紙に書いてあります。

❸ はい、650円の(　　　　　　)です。どうもありがとうございました。

❹ 父親は息子に月々20万円の(　　　　　　)をしました。

Ⅱ [a ～ e]の中から適当な言葉を選んで、(　　)に入れなさい。

a. 法律	b. 戦争	c. 規則	d. 請求書	e. 産業

❶ (　　　　　　)のときに、戦場にいる兄を思って詩を書きました。

❷ 私は弁護士になるために、(　　　　　　)を勉強しました。

❸ すべての会員は、これらの(　　　　　　)を守ることが必要です。

❹ この国の主な(　　　　　　)は自動車の生産です。

40 経済、政治、法律(3)
（けいざい、せいじ、ほうりつ）

經濟、政治、法律(3)

Track 40

◆ 犯罪（はんざい）、トラブル　犯罪、遇難

痴漢（ちかん）	名 色狼
ストーカー【stalker】	名 跟蹤狂
すり	名 扒手
泥棒（どろぼう）	名 偷竊；小偷，竊賊
火事（かじ）	名 火災
危険（きけん）	名・形動 危險
安全（あんぜん）	名・形動 安全；平安
盗む（ぬすむ）	他五 偷盜，盜竊
壊す（こわす）	他五 弄碎；破壞
逃げる（にげる）	自下一 逃走，逃跑；逃避；領先（運動競賽）
捕まえる（つかまえる）	他下一 逮捕，抓；握住
見付かる（みつかる）	自五 發現了；找到
無くす（なくす）	他五 弄丟，搞丟
落とす（おとす）	他五 掉下；弄掉

活用句庫

例 彼はストーカーの疑いで、警察から呼び出しされました。	他因有跟蹤的嫌疑，被警察傳喚了。
例 先日、鍵をかけていない玄関から泥棒に入られ、金を盗まれました。	前陣子被小偷從沒上鎖的玄關闖入，錢也被偷走了。
例 子どもを安全なところで遊ばせます。	讓孩子在安全的場所遊玩。

練習

I [a～e]の中から適当な言葉を選んで、（　　）に入れなさい。

a. 痴漢	b. 安全	c. 火事	d. 危険	e. すり

❶ 夕べ家の近くで（　　　　　　　）がありました。

❷ （　　　　　　　）を避けるため、女性専用車両に乗ることにしました。

❸ 一度（　　　　　　　）に遭って、財布を盗まれました。

❹ 警察は市民の（　　　　　　　）を守っています。

II [a～e]の中から適当な言葉を選んで、（　　）に入れなさい。（必要なら形を変えなさい）

a. 盗む	b. 見付かる	c. 捕まえる	d. 逃げる	e. なくす

❶ 鍵をかけていなかったので、自転車を（　　　　　　　）れました。

❷ 格闘の末、マグロに糸を切られて（　　　　　　　）られてしまった。

❸ 玄関の鍵を（　　　　　　　）しまったので、スマホで鍵屋を呼んで、開けてもらいました。

❹ 警官が泥棒を（　　　　　　　）くれたので、安心しなさい。

41 心理（しんり）、思考（しこう）、言語（げんご）(1)

Track 41

心理、思考、語言 (1)

◆ 心理（しんり）、感情（かんじょう）　心理、感情

心（こころ）	名 內心；心情
気（き）	名 氣，氣息；心思；意識；性質
気分（きぶん）	名 情緒；氣氛；身體狀況
気持ち（きもち）	名 心情；感覺；身體狀況
興味（きょうみ）	名 興趣
複雑（ふくざつ）	名・形動 複雜
安心（あんしん）	名・自サ 放心，安心
邪魔（じゃま）	名・形動・他サ 妨礙，阻擾；拜訪
心配（しんぱい）	名・自他サ 擔心，操心
凄い（すごい）	形 厲害，很棒；非常
素晴らしい（すばらしい）	形 出色，很好
怖い（こわい）	形 可怕，害怕
恥ずかしい（はずかしい）	形 丟臉，害羞；難為情
ラブラブ【lovelove】	形動（情侶，愛人等）甜蜜，如膠似漆
持てる（もてる）	自下一 能拿，能保持；受歡迎，吃香

活用句庫

例 彼女は心の優しい人です。	她是個心地善良的人。
例 納豆は健康にいいけど、食べ過ぎないように気をつけてください。	雖然納豆對身體很好，但也要小心別吃太多。
例 昨夜よく寝たので気分がいいです。	昨天睡了個好覺，所以心情很好。
例 地震でたくさんの人が怖い思いをしているんです。	地震令許多人都感到恐慌。

練習

I [a～e]の中から適当な言葉を選んで、(　　)に入れなさい。(必要なら形を変えなさい)

a. ラブラブ	b. 恥ずかしい	c. 複雑	d. 怖い	e. すごい

❶ 私は字が下手でよく(　　　　　　)思いをします。

❷ 卒業するとき、期待と不安で(　　　　　　)気持ちになりました。

❸「彼はテニスがとても上手ですよ。」「そうですか、(　　　　　　)ですね。」

❹ 一人じゃ(　　　　　　)から、一緒にこの映画を見ましょう。

II [a～e]の中から適当な言葉を選んで、(　　)に入れなさい。(必要なら形を変えなさい)

a. 見つける	b. 安心する	c. 邪魔する	d. 心配する
e. 持てる			

❶ (　　　　　　)いたけど治りが早くて、なんと3日で退院できました。

❷ 私はこれで帰ります。お(　　　　　　)。

❸ この荷物は重くて(　　　　　　)から、手伝ってください。

❹ 誰も怪我しなかったと聞いて(　　　　　　)。

42 心理、思考、言語 (2)

心理、思考、語言 (2)

Track 42

◆ 喜怒哀楽（きどあいらく）　喜怒哀樂

ユーモア【humor】	名	幽默，滑稽，詼諧
楽しみ（たのしみ）	名・形動	期待，快樂
残念（ざんねん）	名・形動	遺憾，可惜，懊悔
嬉しい（うれしい）	形	高興，喜悅
煩い（うるさい）	形	吵鬧；煩人的；囉唆；厭惡
悲しい（かなしい）	形	悲傷，悲哀
寂しい（さびしい）	形	孤單；寂寞；荒涼，冷清；空虛
喜ぶ（よろこぶ）	自五	高興
笑う（わらう）	自五	笑；譏笑
怒る（おこる）	自五	生氣；斥責
驚く（おどろく）	自五	驚嚇，吃驚，驚奇
泣く（なく）	自五	哭泣
びっくり	副・自サ	驚嚇，吃驚

活用句庫

例 日本（にほん）であなたに会（あ）えることを楽（たの）しみにしています。　很期待能在日本和你見面。

例 あとちょっとでドイツに勝（か）てたのに、本当（ほんとう）に残念（ざんねん）です。　明明差一點就能贏過德國了。真是可惜。

例 彼（かれ）が犯人（はんにん）というニュースを聞（き）いて、驚（おどろ）きました。　聽到他是犯人的新聞而感到震驚。

例 A社（しゃ）をB社（しゃ）が買収（ばいしゅう）したというニュースを新聞（しんぶん）で読（よ）んでびっくりした。　在報紙上讀到B社被A社併購的新聞大吃一驚。

練習

I [a～e]の中（なか）から適当（てきとう）な言葉（ことば）を選（えら）んで、(　　)に入（い）れなさい。

a. 悲（かな）しい	b. うれしい	c. うるさい	d. ユーモア	e. 寂（さび）しい

❶ あなたに会（あ）えて本当（ほんとう）に(　　　　　　)です。

❷ こんな(　　　　　　)音楽（おんがく）を聴（き）いていたら、耳（みみ）がおかしくなっちゃいますよ。

❸ 一人（ひとり）でこんなに大（おお）きい一軒家（いっけんや）に住（す）むのは大変（たいへん）だし、(　　　　　　)ですよ。

❹ 人気（にんき）なコンサートのチケットを買（か）えず、(　　　　　　)です。

II [a～e]の中（なか）から適当（てきとう）な言葉（ことば）を選（えら）んで、(　　)に入（い）れなさい。(必要（ひつよう）なら形（かたち）を変（か）えなさい)

a. しっかりする	b. 笑（わら）う	c. 驚（おどろ）く	d. 泣（な）く	e. 怒（おこ）る

❶ 電気代（でんきだい）の請求書（せいきゅうしょ）を見（み）て「急（きゅう）に電気料金（でんきりょうきん）が増（ふ）えた。電気代（でんきだい）が高（たか）い。」と(　　　　　　)しまいました。

❷ あの手（て）この手（て）を使（つか）ってやっと赤（あか）ちゃんを(　　　　　　)わせました。

❸ 宿題（しゅくだい）をしなかったら、お父（とう）さんに(　　　　　　)られました。

❹ 後悔（こうかい）しているようで、彼女（かのじょ）は(　　　　　　)ながら謝（あやま）りました。

43 心理、思考、言語 (3)

しんり　しこう　げんご

Track 43

心理、思考、語言 (3)

◆ 思考、判断（しこう、はんだん）　思考、判斷

仕方（しかた）	名 方法，做法
まま	名 如實，照舊，…就…；隨意
はず	形式名詞 應該；會；確實
場合（ばあい）	名 時候；狀況，情形
変（へん）	名・形動 奇怪，怪異；變化；事變
特別（とくべつ）	名・形動 特別，特殊
大事（だいじ）	名・形動 大事；保重，重要（「大事さ」為形容動詞的名詞形）
相談（そうだん）	名・自他サ 商量
意見（いけん）	名・自他サ 意見；勸告；提意見
思い出す（おもいだす）	他五 想起來，回想
思う（おもう）	他五 想，思考；覺得，認為；相信；猜想；感覺；希望；掛念，懷念
考える（かんがえる）	他下一 想，思考；考慮；認為
調べる（しらべる）	他下一 查閱，調查；檢查；搜查
比べる（くらべる）	他下一 比較
に拠ると（よると）	連語 根據，依據
あんな	連體 那樣地
そんな	連體 那樣的

活用句庫

例 とても急いでいたので、鍵とスマホを置いたまま出かけました。　因為非常急迫，連鑰匙和手機都沒拿就出門了。

例 こんないい加減な気持ちじゃ、プロになれるはずがない。　你這樣馬虎的態度是沒辦法成就專業的。

例 変な笑い方しないで、気持ち悪いです。　不要露出那種奇怪的笑臉，很噁心。

練習

I [a ～ e] の中から適当な言葉を選んで、(　　) に入れなさい。

a. 相談　b. 意見　c. 仕方　d. 場合　e. 約束

❶ 人の (　　　　　) に乗る仕事をしたいです。

❷ 言葉の意味がわからない (　　　　　) は、辞書で調べてください。

❸ 車の運転の (　　　　　) を学んでいます。

❹ 壁の色に関して、たくさんの (　　　　　) を一つにするのは難しいです。

II [a ～ e] の中から適当な言葉を選んで、(　　) に入れなさい。(必要なら形を変えなさい)

a. 思う　b. 調べる　c. 比べる　d. 思い出す　e. 訪ねる

❶ 人に説明するためには、自分で (　　　　　) おくことが大切です。

❷ 最初は、断ろうかと (　　　　　) いたが、出席することにしました。

❸ 日本の家は、欧米と (　　　　　) と狭いです。

❹ 一番楽しかったことを (　　　　　) みてください。

44 心理、思考、言語(4)

心理、思考、語言(4)

Track 44

◆ 理由、決定　理由、決定

ため	名（表目的）為了；（表原因）因為
原因（げんいん）	名 原因
理由（りゆう）	名 理由，原因
訳（わけ）	名 原因，理由；意思
駄目（だめ）	名 不行；沒用；無用
つもり	名 打算；當作
必要（ひつよう）	名・形動 需要
反対（はんたい）	名・自サ 相反；反對
正しい（ただしい）	形 正確；端正
宜しい（よろしい）	形 好，可以
無理（むり）	形動 勉強；不講理；逞強；強求；無法辦到
決まる（きまる）	自五 決定；規定；決定勝負
合う（あう）	自五 合；一致，合適；相配；符合；正確
何故（なぜ）	副 為什麼

活用句庫

例 ダイエットのため、これから毎朝ジョギングします。	為了減肥，從今天起每天早上都要慢跑。
例 ストーブが暖かくならない原因を調べたら、コンセントが刺さっていませんでした。	檢查了暖爐不暖的原因，是因為沒有接上電源。
例 調査に必要な資料をまとめてファイルします。	把調查時需要用到的資料整理好，彙整成檔案。

練習

Ⅰ [a～e]の中から適当な言葉を選んで、(　　)に入れなさい。

a. 理由	b. 特別	c. ため	d. つもり	e. だめ

❶ 来年、私は日本へ留学する(　　　　　　)です。

❷ 絶対に人の物を盗んでは(　　　　　　)です。

❸ 梅雨の(　　　　　　)、洗濯物がなかなか乾きません。

❹ なるほど。この店のラーメンがうまい(　　　　　　)がわかりました。

Ⅱ [a～e]の中から適当な言葉を選んで、(　　)に入れなさい。(必要なら形を変えなさい)

a. 無理	b. 残念	c. よろしい	d. 必要	e. 正しい

❶ 答えは(　　　　　　)のですが、答えを書くところを間違えました。

❷ ギターを練習するには時間が(　　　　　　)です。

❸ (　　　　　　)ことを頼まれても、できないことはできません。

❹ ホットとアイス、どちらが(　　　　　　)ですか。

45 心理、思考、言語 (5)

心理、思考、語言 (5)

Track 45

◆ 理解（りかい） 理解

事（こと）	名 事情
嘘（うそ）	名 謊話；不正確
経験（けいけん）	名・他サ 經驗，經歷
説明（せつめい）	名・他サ 說明
承知（しょうち）	名・他サ 知道，了解，同意；接受
受ける（うける）	自他下一 接受，承接；受到；得到；遭受；應考
構う（かまう）	自他五 在意，理會；逗弄
変える（かえる）	他下一 改變；變更
変わる（かわる）	自五 變化，改變；奇怪；與眾不同
なるほど	感・副 的確，果然；原來如此
役に立つ（やくにたつ）	慣 有幫助，有用
あっ	感 啊（突然想起、吃驚的樣子），哎呀
おや	感 哎呀
うん	感 嗯；對，是；喔
そう	感・副 那樣，這樣；是
について	連語 關於

練習

I [a～e]の中から適当な言葉を選んで、(　　)に入れなさい。

a. 経験	b. こと	c. 嘘	d. 気	e. 説明

❶ 留学することは素晴らしい(　　　　　　)になるでしょう。

❷ 彼は決して(　　　　　　)をつく人ではないです。

❸ 彼はああだこうだ嫌な(　　　　　　)ばかり言います。

❹ わかりやすく(　　　　　　)をするには、相手の立場で言葉を選ぶ良いです。

II [a～e]の中から適当な言葉を選んで、(　　)に入れなさい。(必要なら形を変えなさい)

a. かまう	b. 変える	c. 変わる	d. 承知する	e. 受ける

❶ 間違っても(　　　　　　)。大きな声で言ってみましょう。

❷ メールの件、(　　　　　　)いたしました。

❸ これから試験を(　　　　　　)人は教室にお入りください。

❹ 季節が(　　　　　　)と、新しい服が欲しくなりますね。

III [a～e]の中から適当な言葉を選んで、(　　)に入れなさい。

a. なるほど	b. いいえ	c. うん	d. そう	e. あっ

❶ (　　　　　　)、宿題をするのを忘れました。

❷「いい天気になったね。」「(　　　　　　)、よかったね。」

❸ 今年は暖冬と言われていますが、(　　　　　　)は言ってもやはり寒いですね。

❹ へー、(　　　　　　)、そういうことか。わかりました。

46 心理、思考、言語 (6)

しんり　しこう　げんご

心理、思考、語言 (6)

Track 46

◆ 伝達（でんたつ）、通知（つうち）、報道（ほうどう）　傳達、通知、報導

電報（でんぽう）	名	電報
天気予報（てんきよほう）	名	天氣預報
返事（へんじ）	名・自サ	回答，回覆
放送（ほうそう）	名・他サ	播映，播放
連絡（れんらく）	名・自他サ	聯繫，聯絡；通知
届（とど）ける	他下一	送達；送交；申報，報告
送（おく）る	他五	寄送；派；送行；度過；標上（假名）
知（し）らせる	他下一	通知，讓對方知道
伝（つた）える	他下一	傳達，轉告；傳導
尋（たず）ねる	他下一	問，打聽；詢問

◆ 言語（げんご）、出版物（しゅっぱんぶつ）　語言、出版品

発音（はつおん）	名	發音
字（じ）	名	字，文字
文法（ぶんぽう）	名	文法
日記（にっき）	名	日記
文化（ぶんか）	名	文化；文明
文学（ぶんがく）	名	文學
小説（しょうせつ）	名	小說

テキスト【text】	㊔ 教科書
漫画（まんが）	㊔ 漫畫
会話（かいわ）	名・自サ 會話，對話
翻訳（ほんやく）	名・他サ 翻譯

練習

Ⅰ [a ～ e]の中から適当な言葉を選んで、(　　)に入れなさい。(必要なら形を変えなさい)

a. 送る	b. 尋ねる	c. 返事する	d. 伝える	e. 放送する

❶ 私から電話があったことを、彼女に(　　　　　　)ください。

❷ この荷物を空港まで(　　　　　　)もらえませんか。

❸ どうやって自動改札機に切符を入れるかわからなかったので、さっき駅員に(　　　　　　)。

❹ 彼のデビュー作は、2001 年に(　　　　　　)されました。

Ⅱ [a ～ e]の中から適当な言葉を選んで、(　　)に入れなさい。

a. 漫画	b. 文化	c. テキスト	d. 会話	e. 日記

❶ 英語を読むことはできるが、(　　　　　　)はできません。

❷ いいこと(　　　　　　)をつけ始めたのは 3 年前でした。

❸ (　　　　　　)ばかり読まないで小説も読みなさい。

❹ 毎日漢字の(　　　　　　)を通勤のかばんに入れて、勉強しています。

47 副詞、その他の品詞 (1)

ふくし　ほか　ひんし

Track 47

副詞與其他品詞 (1)

◆ 時間副詞（じかんふくし）　時間副詞

久しぶり（ひさしぶり）	名・形動	許久，隔了好久
急（きゅう）	名・形動	急迫；突然；陡
急に（きゅうに）	副	突然
暫く（しばらく）	副	暫時，一會兒；好久
ずっと	副	更；一直
そろそろ	副	快要；逐漸；緩慢
偶に（たまに）	副	偶爾
到頭（とうとう）	副	終於
先ず（まず）	副	首先，總之；大約；姑且
もう直ぐ（もうすぐ）	副	不久，馬上
やっと	副	終於，好不容易
これから	連語	接下來，現在起

活用句庫

例 久しぶり に帰った故郷は、すっかり変わっていました。	許久沒回去的故鄉已與從前迥然不同。
例 日が高くなると 急に 暑くなります。	太陽一升高就頓時炎熱起來。
例 病気のため しばらく お休みいたします。	因為生病，要暫時休息了
例 一つのことを生涯 ずっと やる人は根性があります。	能用一生專注於一件事情上的人是很有毅力的。

練習

I [a ～ e]の中から適当な言葉を選んで、(　　)に入れなさい。

a. この間　b. まず　c. もうすぐ　d. しばらく　e. たまに

❶ 東の空から明るくなってきました、(　　　　　)夜が明けますよ。

❷ お金持ちになりたいなら、(　　　　　)は「考え方を変えること」から始めましょうね。

❸ 日本料理もいいけど、(　　　　　)はイタリア料理もいいですね。

❹ 雨が止むまで、(　　　　　)ここで休みましょう。

II [a ～ e]の中から適当な言葉を選んで、(　　)に入れなさい。

a. 急に　b. とうとう　c. ずっと　d. 全然　e. そろそろ

❶ もう７時です。(　　　　　)出かける時間です。

❷ (　　　　　)地面が揺れ出して、地震だと気づいたら、どんどん強くなってきました。とても怖かったです。

❸ 朝から(　　　　　)外にいたので、ちょっと日焼けしました。

❹ 初孫ができて、私も(　　　　　)おばあさんですわ。

48 副詞、その他の品詞（2）

副詞與其他品詞（2）

Track 48

◆ 程度副詞（ていどふくし） 程度副詞

幾（いく）ら～ても	名・副 無論…也不…
一杯（いっぱい）	名・副 一碗，一杯；充滿，很多
殆（ほとん）ど	名・副 大部份；幾乎
程（ほど）	名・副助 …的程度；限度；越…越…
中々（なかなか）	副・形動 超出想像；頗，非常；（不）容易；（後接否定）總是無法
随分（ずいぶん）	副・形動 相當地，超越一般程度；不像話
十分（じゅうぶん）	副・形動 充分，足夠
ばかり	副助 大約；光，淨；僅只；幾乎要
すっかり	副 完全，全部
非常（ひじょう）に	副 非常，很
全然（ぜんぜん）	副（接否定）完全不…，一點也不…；非常
そんなに	副 那麼，那樣
それ程（ほど）	副 那麼地
大体（だいたい）	副 大部分；大致，大概
大分（だいぶ）	副 相當地
ちっとも	副 一點也不…
出来（でき）るだけ	副 盡可能地
なるべく	副 盡量，盡可能

別に	㊖ 分開；額外；除外；(後接否定)(不)特別，(不)特殊
割合に	㊖ 比較地
もちろん	㊖ 當然
やはり	㊖ 依然，仍然

練習

Ⅰ [a～e]の中から適当な言葉を選んで、(　　)に入れなさい。

a. ほど　b. なるべく　c. ばかり　d. なかなか　e. ほとんど

❶ 子どもの頃は川で遊んで(　　　　　　)で、よく母に叱られました。

❷ こちらでは(　　　　　　)の人が英語も話せるので翻訳の需要が少ないです。

❸ 日曜日、特別な授業があります。ご両親にも見てもらいたいので、(　　　　　　)ご出席ください。

❹ 夫が野球チームを作れる(　　　　　　)子どもがほしいと言いました。

Ⅱ [a～e]の中から適当な言葉を選んで、(　　)に入れなさい。

a. だいぶ　b. やはり　c. 割合に　d. いっぱい　e. ちっとも

❶ 自分は強い人間だと思ったが、(　　　　　　)死ぬのは怖いですね。

❷ 先週からの雨で、池の水が(　　　　　　)になりました。

❸ この問題は(　　　　　　)簡単です。

❹ 薬を飲んで、健太君の風邪は(　　　　　　)良くなりました。

49 副詞、その他の品詞（3）

Track 49

副詞與其他品詞 (3)

◆ 思考、状態副詞　思考、狀態副詞

代わり	名 代替，替代；補償，報答；續（碗、杯等）
確か	形動・副 確實，可靠；大概
確り	副・自サ 紮實；堅固；可靠；穩固
必ず	副 一定，務必，必須
きっと	副 一定，務必
決して	副（後接否定）絕對（不）
是非	副 務必；好與壞
ああ	副 那樣
こう	副 如此；這樣，這麼
例えば	副 例如
特に	副 特地，特別
はっきり	副 清楚；明確；爽快；直接
若し	副 如果，假如

活用句庫

例 父が 350 万円で買ったお茶碗、それほどの価値があるのは 確かです 。
父親花了 350 萬圓買的碗，確實有那個價值。

例 朝は早く起きて、しっかり 食べましょう。
早上早點起床，好好吃頓早飯吧！

例 毎日 必ず 軽い運動をするようにしています。
固定每天一定會稍微運動一下。

例 特に 質問がなければ、次の授業を始めましょう。
如果沒什麼問題，就要繼續下面的課程囉。

練習

I [a～e]の中から適当な言葉を選んで、(　　)に入れなさい。

a. 別に	b. かわり	c. 必ず	d. 確か	e. ああ

1. 家の鍵がありません。昨日は(　　　　　　)ここに置いたはずなのに。
2. ここに(　　　　　　)いう店があるとは、全然知りませんでしたね。
3. お椀の(　　　　　　)にカップでご飯を食べたが、おいしくありませんでした。
4. 彼らは会うと(　　　　　　)喧嘩します。

II [a～e]の中から適当な言葉を選んで、(　　)に入れなさい。

a. たとえば	b. 決して	c. はっきり	d. しっかり	e. もし

1. 嫌いなら嫌いと(　　　　　　)言ってください。
2. ゴミはゴミ箱に捨てましょう。(　　　　　　)川に捨ててはいけません。
3. 昼は(　　　　　　)食べますが、朝と夜は簡単に済ませています。
4. 最近、やる気のある人が多いです。(　　　　　　)太郎君です。

50 副詞、その他の品詞 (4)

Track 50

副詞與其他品詞 (4)

◆ 接続詞、接続助詞、接尾語、接頭語 (1)　接續詞、接助詞、接尾詞、接頭詞 (1)
せつぞく し　　せつぞくじょし　　せつび ご　　せっとう ご

会（かい）	名 …會，會議
倍（ばい）	名・接尾 倍，加倍
家（か）	名・接尾 …家；家族，家庭；從事…的人
式（しき）	名・接尾 儀式，典禮；…典禮；方式；樣式；算式，公式
製（せい）	名・接尾 …製
代（だい）	名・接尾 世代；（年齡範圍）…多歲；費用
過ぎる（すぎる）	自上一 超過；過於；經過 接尾 過於…
すると	接續 於是；這樣一來
それで	接續 後來，那麼
それに	接續 而且，再者
だから	接續 所以，因此
又は（または）	接續 或者
けれど・けれども	接助 但是

活用句庫

例 今晩8時から学校でカラオケ大会があります。	學校將於今晚8點舉行卡拉OK大會。
例 台風の後、多摩川の幅がいつもの3倍の広さになりました。	颱風過後，多摩川的寬度也漲了3倍。
例 友人の結婚式に招待されました。	受到朋友邀請參加結婚典禮。
例 あなたは大人だから自分の事は自分でしなさい。	你已經是大人了，自己的事請自己解決。

練習

I [a～e]の中から適当な言葉を選んで、（　　）に入れなさい。

a. 倍	b. 製	c. 式	d. 家	e. 会

❶ 田中さんの給料は私の3（　　　　　　）です。

❷ 今度の日曜日は絵の展覧（　　　　　　）に行く予定です。

❸ 音楽（　　　　　　）はいい耳を持っています。

❹ この間、成人（　　　　　　）のお祝いでお金をもらいました！

II [a～e]の中から適当な言葉を選んで、（　　）に入れなさい。

a. だから	b. すると	c. それに	d. けれど	e. または

❶ 太郎君は箱を開けました。（　　　　　　）中から白い犬が出て来ました。

❷ これは健康に良いし、安いし、（　　　　　　）おいしいです。

❸ 昔は朝ご飯を全然食べなかった（　　　　　　）、最近はよく食べます。

❹ 今宿題をしているところ（　　　　　　）、静かにしてください。

51 副詞、その他の品詞(5)

副詞與其他品詞(5)

Track 51

◆ 接続詞、接続助詞、接尾語、接頭語(2)　接續詞、接助詞、接尾詞、接頭詞(2)

置き（おき）	接尾 每隔…
月（がつ）	接尾 …月
軒（けん）・軒（げん）	接尾 …間，…家
ちゃん	接尾（接在朋友或晚輩名字後面表示親暱）小…
君（くん）	接尾（接在朋友或晚輩名字後面表示親暱）…君
様（さま）	接尾（接在身分後面表示尊敬）…先生，…小姐
目（め）	接尾（表順序）第…
出す（だす）	接尾 開始…
難い（にくい）	接尾 難以…，不容易…
やすい	接尾 容易…
御（ご）	接頭 貴…（接在跟對方有關的事物、動作的漢字詞前），表示尊敬語、謙讓語
ながら	接助 一邊…，同時…
方（かた）	接尾 …方法

活用句庫

例 山田君に会うと必ず面白い話が出ます。 — 每次見到山田君，他總會説些有趣的事情。

例 お客様をエレベーターまでご案内しました。 — 我帶領客人到電梯了。

例 このデパートは、子どもを自由に遊ばせながら、ゆっくりと買い物ができます。 — 這家百貨公司可以一邊讓孩子自由玩耍，自己一邊悠閒的購物。

例 飛行場への行き方を教えてください。 — 請告訴我怎麼到機場。

練習

I [a～e]の中から適当な言葉を選んで、(　　)に入れなさい。(必要なら形を変えなさい)

a. 出す	b. にくい	c. ちゃん	d. 方	e. おき

❶ 健(　　　　　　)は毎日サッカーをしているので、体が丈夫です。

❷ 私はジムに１日(　　　　　　)に行っています。

❸ その時、空が黒くなって雨が降り(　　　　　　)。

❹ この本は字が小さいので読み(　　　　　　)です。

II [a～e]の中から適当な言葉を選んで、(　　)に入れなさい。

a. やすい	b. 軒	c. 様	d. ながら	e. 目

❶ 八百屋から３(　　　　　　)先にコンビニがあります。

❷ 毎朝音楽を聞き(　　　　　　)、公園でジョギングしていました。

❸ この机は広くて、仕事がし(　　　　　　)です。

❹ 私は教室の後ろから３番(　　　　　　)の席に座っています。

52 副詞、その他の品詞（6）

副詞與其他品詞（6）

Track 52

◆ 尊敬語（そんけいご）、謙譲語（けんじょうご）　尊敬語、謙讓語

ご存知（ぞんじ）	名 您知道（尊敬語）
拝見（はいけん）	名・他サ 看，拜讀
いらっしゃる	自五 來，去，在（尊敬語）
おいでになる	他五 來，去，在，光臨，駕臨（尊敬語）
参（まい）る	自五 來，去（「行く」、「来る」的謙讓語）；認輸；參拜
ご覧（らん）になる	他五 看，閱讀（尊敬語）
なさる	他五 做（「する」的尊敬語）
致（いた）す	自他五・補動（「する」的謙恭說法）做，辦；致；有…，感覺…
召（め）し上（あ）がる	他五 吃，喝（「食べる」、「飲む」的尊敬語）
頂（いただ）く・戴（いただ）く	他五 領受；領取；吃，喝；頂
伺（うかが）う	他五 拜訪；請教，打聽（謙讓語）
おっしゃる	他五 說，講，叫
申（もう）す	他五 說，叫（「言う」的謙讓語）
申（もう）し上（あ）げる	他下一 說（「言う」的謙讓語）
下（くだ）さる	他五 給，給予（「くれる」的尊敬語）
差（さ）し上（あ）げる	他下一 給（「あげる」的謙讓語）
存（ぞん）じ上（あ）げる	他下一 知道（自謙語）
ございます	特殊形 是，在（「ある」、「あります」的鄭重說法表示尊敬）

でございます	自・特殊形 是（「だ」、「です」、「である」的鄭重說法）
居る	自五 在，存在；有（「いる」的謙讓語）

練習

Ⅰ [a ～ e]の中から適当な言葉を選んで、（　　）に入れなさい。（必要なら形を変えなさい）

a. 存じ上げる　b. おっしゃる　c. いたす　d. 頂く　e. 参る

❶ 私は台湾から（　　　　　　　）、楊と申します。

❷ こちらの商品は名前だけは（　　　　　　　）おります。

❸ ご家族の皆様にも、よろしく（　　　　　　　）ください。

❹ お子様の椅子をお持ち（　　　　　　　）ましょうか。

Ⅱ [a ～ e]の中から適当な言葉を選んで、（　　）に入れなさい。（必要なら形を変えなさい）

a. 下さる　b. ございます　c. 伺う　d. 申す　e. いらっしゃる

❶ 明日先生のお宅に（　　　　　　　）予定です。

❷ 先ほど（　　　　　　　）ように、私はこの仕事が好きです。

❸ お客様が（　　　　　　　）。お茶をお出ししましょう。

❹ コーヒーと紅茶が（　　　　　　　）が、どちらになさいますか。

解答　練習題 1 ～ 20

第 1 回

Ⅰ ① b ② e ③ d ④ c

Ⅱ ① d ② a ③ c ④ b

第 2 回

Ⅰ ① e ② b ③ a ④ c

Ⅱ ① d ② a ③ e ④ b

Ⅲ ① d ② c ③ a ④ e

第 3 回

Ⅰ ① a ② c ③ e ④ b

Ⅱ ① d ② e ③ a ④ c

第 4 回

Ⅰ ① e ② d ③ c ④ a

Ⅱ ① a- 暮れて ② d- 朝寝坊して ③ e- 急いで ④ c- 起こさない

第 5 回

Ⅰ ① e ② a ③ b ④ d

Ⅱ ① c ② d ③ e ④ b

第 6 回

Ⅰ ① d ② b ③ a ④ c

Ⅱ ① c ② e ③ b ④ d

第 7 回

Ⅰ ① c ② d ③ a ④ e

Ⅱ ① d- 連れて ② a- 集めて ③ b- 集まって ④ c- 欠けて

第 8 回

Ⅰ ① a ② d ③ c ④ e

Ⅱ ① c ② b ③ e ④ d

第 9 回

Ⅰ ① c- ひどい ② b- 適当な ③ d- 丁寧 ④ a- おかしい

Ⅱ ① b- 細かい ② e- 熱心 ③ a- 優しく ④ c- 失礼

第 10 回

Ⅰ ① e ② a ③ d ④ c

Ⅱ ① c- 太って ② b- 眠 ③ a- 動かなく ④ d- 亡くなった

第 11 回

Ⅰ ① d ② e ③ b ④ a

Ⅱ ① a- 止める ② c- 怪我した ③ e- 塗って ④ b- 倒れた

Ⅲ ① d ② c ③ e ④ a

第 12 回

Ⅰ ① e ② b ③ d ④ c

Ⅱ ① a- 滑って ② e- 駆けて ③ b- 投げて ④ d- 打った

第 13 回

Ⅰ ① d ② c ③ a ④ b

Ⅱ ① a- 冷えた ② e- 植え ③ d- 止む ④ c- 映って

第 14 回

Ⅰ ① d ② c ③ e ④ b

Ⅱ ① e ② c ③ b ④ a

第 15 回

Ⅰ ① a ② e ③ d ④ c

Ⅱ ① b- 包んで ② e- 漬けて ③ d- 沸かした ④ c- 沸いて

第 16 回

Ⅰ ① e ② a ③ d ④ c

Ⅱ ① c ② a ③ e ④ d

第 17 回

Ⅰ ① e ② b ③ c ④ d

Ⅱ ① e ② a ③ b ④ c

第 18 回

Ⅰ ① c ② e ③ a ④ d

Ⅱ ① a ② e ③ d ④ b

第 19 回

Ⅰ ① a ② b ③ e ④ c

Ⅱ ① c ② d ③ e ④ b

第 20 回

Ⅰ ① d ② b ③ c ④ a

Ⅱ ① e ② b ③ c ④ d

解答 練習題 21 ～ 40

第 21 回

Ⅰ ① c ② b ③ e ④ d

Ⅱ ① d ② e ③ b ④ a

第 22 回

Ⅰ ① a- 点けて ② c- 運ぶ ③ e- 壊れて ④ b- 割れた

Ⅱ ① e- 直る ② b- 無くなりました ③ a- 直して ④ d- 取り換えて

第 23 回

Ⅰ ① c ② e ③ b ④ a

Ⅱ ① b ② a ③ e ④ c

第 24 回

Ⅰ ① e ② d ③ b ④ a

Ⅱ ① d ② e ③ c ④ a

第 25 回

Ⅰ ① c ② b ③ e ④ d

Ⅱ ① a ② b ③ e ④ c

第 26 回

Ⅰ ① d- 踏んで ② c- 注意して ③ a- 止まった ④ b- 降りて

Ⅱ ① c- 寄った ② e- 通って ③ a- 揺れて ④ b- 乗り換えて

第 27 回

Ⅰ ① e ② d ③ b ④ c

Ⅱ ① c- 泊ま ② e- 案内して ③ a- 釣る ④ d- 楽しんで

第 28 回

Ⅰ ① e ② d ③ c ④ a

Ⅱ ① a ② d ③ c ④ b

第 29 回

Ⅰ ① c ② b ③ e ④ a

Ⅱ ① d ② e ③ a ④ c

第 30 回

Ⅰ ① a ② d ③ c ④ b

Ⅱ ① e ② b ③ d ④ a

第 31 回

Ⅰ ① a ② d ③ e ④ c

Ⅱ ① c- いじめて ② d- 落ちて ③ b- 間違え ④ a- 利用して

第 32 回

Ⅰ ① c ② b ③ e ④ a

Ⅱ ① e ② d ③ b ④ c

第 33 回

Ⅰ ① c ② a ③ b ④ d

Ⅱ ① a ② d ③ e ④ c

第 34 回

Ⅰ ① d ② b ③ c ④ a

Ⅱ ① b- 片づけ ② e- 寝坊して ③ c- チェックする ④ a- 訪ねて

第 35 回

Ⅰ ① c- 迎え ② a- 済んだ ③ b- 続く ④ e- 続ける

Ⅱ ① b- 慣れて ② c- 下げ ③ e- 進み ④ d- できます

第 36 回

Ⅰ ① b ② a ③ d ④ e

Ⅱ ① a ② c ③ d ④ b

第 37 回

Ⅰ ① e ② b ③ c ④ d

Ⅱ ① a- 挿入して ② b- 保存し ③ e- インストールしなく ④ d- 送信した

第 38 回

Ⅰ ① e ② d ③ a ④ c

Ⅱ ① d- 足して ② b- もらった ③ c- やる ④ a- 増えて

第 39 回

Ⅰ ① b ② d ③ e ④ c

Ⅱ ① b ② a ③ c ④ e

第 40 回

Ⅰ ① c ② a ③ e ④ b

Ⅱ ① a- 盗ま ② d- 逃げ ③ e- なくして ④ c- 捕まえて

解答　練習題 41 ～ 52

第 41 回

Ⅰ ① b- 恥ずかしい ② c- 複雑な ③ e- すごい ④ d- 怖い

Ⅱ ① d- 心配して ② c- 邪魔しました ③ e- 持てない ④ b- 安心しました

第 42 回

Ⅰ ① b ② c ③ e ④ a

Ⅱ ① c- 驚いて ② b- 笑 ③ e- 怒 ④ d- 泣き

第 43 回

Ⅰ ① a ② d ③ c ④ b

Ⅱ ① b- 調べて ② a- 思って ③ c- 比べる ④ d- 思い出して

第 44 回

Ⅰ ① d ② e ③ c ④ a

Ⅱ ① e- 正しかった ② d- 必要 ③ a- 無理な ④ c- よろしい

第 45 回

Ⅰ ① a ② c ③ b ④ e

Ⅱ ① a- かまいません ② d- 承知 ③ e- 受ける ④ c- 変わる

Ⅲ ① e ② c ③ d ④ a

第 46 回

Ⅰ ① d- 伝えて ② a- 送って ③ b- 尋ねました ④ e- 放送

Ⅱ ① d ② e ③ a ④ c

第 47 回

Ⅰ ① c ② b ③ e ④ d

Ⅱ ① e ② a ③ c ④ b

第 48 回

Ⅰ ① c ② e ③ b ④ a

Ⅱ ① b ② d ③ c ④ a

第 49 回

Ⅰ ① d ② e ③ b ④ c

Ⅱ ① c ② b ③ d ④ a

第 50 回

Ⅰ ① a ② e ③ d ④ c

Ⅱ ① b ② c ③ d ④ a

第 51 回

I ① c- ちゃん ② e- おき ③ a- 出しました ④ b- にくい

II ① b ② d ③ a ④ e

第 52 回

I ① e- 参りました ② a- 存じ上げて ③ b- おっしゃって ④ c- いたし

II ① c- 伺う ② d- 申しました ③ e- いらっしゃいました ④ b- ございます

あ

い

う

え

お

か

き

そ

た

ち

つ

て

日檢滿點
02

絕對合格！
日檢分類單字 N4
測驗問題集

(16K+MP3)

發行人 林德勝

著者 吉松由美・田中陽子・西村惠子・千田晴夫・
山田社日檢題庫小組

出版發行 山田社文化事業有限公司
地址 臺北市大安區安和路一段112巷17號7樓
電話 02-2755-7622 02-2755-7628
傳真 02-2700-1887

郵政劃撥 19867160號 大原文化事業有限公司

總經銷 聯合發行股份有限公司
地址 新北市新店區寶橋路235巷6弄6號2樓
電話 02-2917-8022
傳真 02-2915-6275

印刷 上鎰數位科技印刷有限公司

法律顧問 林長振法律事務所 林長振律師

定價+MP3 新台幣334元

初版 2021年7月

ISBN：978-986-246-618-6

STS

STS

STS

STS